Segredos da minha vida em Hollywood

OBRAS DA AUTORA PUBLICADAS PELA GALERA RECORD

Segredos da minha vida em Hollywood
Segredos da minha vida em Hollywood: Na locação
Segredos da minha vida em Hollywood: Negócios de família

Jen Calonita

Segredos da minha vida em Hollywood

Tradução de
NATALIE GERHARDT

2ª edição

Rio de Janeiro | 2010

CIP-Brasil. Catalogação na fonte
Sindicato Nacional dos Editores de Livros, RJ.

C164s
2ª ed.

Calonita, Jen
    Segredos da minha vida em Hollywood / Jen Calonita; tradução
Natalie Gerhardt. – 2ª ed. – Rio de Janeiro: Galera Record, 2010.

Tradução de: Secrets of my Hollywood life
ISBN 978-85-01-07879-7

1. Adolescentes (Meninas) – Ficção juvenil. 2. Novela juvenil americana. I. Gerhardt, Natalie. II. Título.

07-3406

CDD – 028.5
CDU – 087.5

Título original americano:
SECRETS OF MY HOLLYWOOD LIFE

Copyright © 2006 by Jennifer L. Smith

Todos os direitos reservados. Proibida a reprodução,
no todo ou em parte, através de quaisquer meios.

Texto revisado segundo o novo Acordo Ortográfico da Língua Portuguesa.

Direitos exclusivos de publicação em língua portuguesa somente para o
Brasil adquiridos pela
EDITORA RECORD LTDA.
Rua Argentina 171 – Rio de Janeiro, RJ – 20921-380 – Tel.: 2585-2000
que se reserva a propriedade literária desta tradução

Impresso no Brasil

ISBN 978-85-01-07879-7

Seja um leitor preferencial Record.
Cadastre-se e receba informações sobre
nossos lançamentos e nossas promoções.

EDITORA AFILIADA

Atendimento e venda direta ao leitor:
mdireto@record.com.br ou (21) 2585-2002

Para os meus meninos, Mike e Tyler

— J.C.

INTRODUÇÃO *Cena 1, tomada 1*

Vou contar a você um pequeno SEGREDO DE HOLLYWOOD: as estrelas de cinema nem sempre se dão bem. Você não deve acreditar em tudo o que ouve durante as entrevistas em programas de celebridade. Quando perguntam a uma estrela sobre como é trabalhar com uma outra estrela, ela vai falar como as duas são grandes amigas que vão tomar café e chá todo sábado de manhã depois da aula de ashtanga yoga. A verdade é que provavelmente elas nunca se encontraram fora do trabalho nos últimos seis meses. As celebridades dizem qualquer coisa para obterem uma boa publicidade.

Como sei disso? Você já deve ter adivinhado. Sou Kaitlin Burke, uma das "25 estrelas mais famosas com menos de 25 anos de idade" da *Teen People*. Sou a número seis na lista da *Entertainment Weekly*. E, infelizmente, sou uma das culpadas pelo segredo que acabo de dividir com você. O que posso dizer? A responsável pela minha publicidade, Laney Peters, diz que se eu for honesta ao falar sobre Sky Mackenzie será ruim para minha imagem.

— Você é a nova queridinha da América — explica ela, sacudindo o cabelo com luzes cor de mel, que devem ter custado uns 300 dólares, em um de nossos notórios e longos encontros na hora de almoço no The Ivy. — Você não pode falar mal de ninguém. Principalmente de outra estrela que trabalhe com você. A Kaitlin Burke que todos amam nunca faria uma coisa dessas.

Tudo bem. Mas eu estava tendo dificuldades com esse lema. Sky e eu *nunca* fomos amigas e trabalhamos juntas desde que tínhamos 4 anos de idade, quando fomos selecionadas para fazer parte do elenco de *Family Affair,* uma série exibida no horário nobre, representando gêmeas bivitelinas. Eu deveria saber que nossa relação seria volátil desde a primeira cena juntas. Alguns segundos antes de o diretor gritar "ação", Sky bateu com o Corvette cor-de-rosa da Barbie na minha cabeça. Tivemos de adiar as filmagens por uma semana, enquanto esperávamos o grande galo na minha cabeça melhorar.

Assim como na vida real, nossas personagens são completamente opostas. Sky interpreta Sara, a ovelha negra maquinadora da nossa família no programa. Só nessa temporada, Sara bateu com o Hummer do papai, dormiu com o chefe dele e foi internada em uma clínica de reabilitação devido ao seu vício por cuba-libre. Minha personagem, Samantha, é boazinha demais. Em um episódio, Sam deixou de ir ao baile de inverno para participar da doação de comida para um orfanato local. O tipo de coisa que até faz você querer vomitar, não?

Depois de 12 temporadas, tornei-me uma verdadeira profissional na arte de ignorar Sky. Aprendi a me desligar quando ela tem acessos de raiva porque acha que tenho mais falas do que ela em um episódio.

— Que bela espinha, K. — disse ela outro dia na sala de maquiagem. — Já ouviu falar de Clearasil?

Mas dessa vez Sky foi longe demais. Tudo começou quando o programa *TV Tome* me elegeu a estrela adolescente mais popular do horário nobre. Sky ficou tão fora de si que destruiu todas as roupas do camarim e se recusou a trabalhar por dois dias, dizendo que estava com "estafa". Na minha opinião, Sky só estava com raiva porque ficou em oitavo lugar.

Logo depois, começaram a aparecer boatos nos tabloides. E não se tratava de coisas do tipo: "Kaitlin Burke de *Family Affair* é uma alienígena." Eu poderia lidar com isso. Na verdade, tratava-se de histórias cruéis, do tipo que minha mãe se sente obrigada a ler (aliás, ela lê tudo o que sai na imprensa a meu respeito) e a me mostrar. As histórias diziam que eu dera um ataque quando o novo ator de *Family Affair*, Trevor Wainright, convidou Sky para sair em vez de a mim. Disseram que os meus pais eram extremamente controladores. Disseram até que eu estava pensando em sair do programa. Nessa semana, minha mãe me mostrou a matéria de capa da *Hollywood Nation* falando sobre a minha suposta ruína: "Será que Kaitlin Burke não é mais a boa menina da televisão?", dizia a manchete. Estou convencida de que Sky está por trás desse frenesi dos tabloides, motivo pelo qual entrei em seu camarim ontem para confrontá-la.

— Skylar — comecei, sabendo que ela odeia quando a chamam pelo nome completo. — Você viu a matéria do *TV Tome*?

— Olá, K. — cumprimentou ela, deitada no sofá com estampa de zebra que ficava em frente ao novo tapete de pele de leopardo. A nova decoração do camarim com tema de safári não era muito politicamente correta. — Não vi não.

— Estou com um exemplar aqui — respondi, esfregando a revista no nariz dela. — Há uma história sobre *Family Affair*.

— E daí? — respondeu ela, soltando os cabelos e agindo como se não estivesse interessada.

— "Sky Mackenzie, a vilã favorita de *Family Affair*, está triste com os rumores de que sua irmã na série televisiva, representada por Kaitlin Burke, possa ser cortada" — li calmamente. — "As fontes afirmam que a adorável personagem de Kaitlin, Sam, pode ser vítima de uma doença fatal, deixando a irmã, Sara, como filha única. 'Não sei o que farei sem a presença de Katie', afirmou uma triste Sky quando perguntada sobre os rumores. 'Somos como irmãs de verdade!'"

— Fiquei *arrasada* quando ouvi isso — afirmou Sky sem parecer nem um pouco chateada.

Na verdade, ela se levantou e bocejou, mantendo uma das mãos no bolso da calça jeans para que ela não escorregasse pelos quadris esquálidos, e caminhou até o espelho com moldura de bambu.

— Na verdade, tive de tomar dois comprimidos de Midol e deitar por um tempo — acrescentou ela. — Mas não precisa se preocupar, K., já perguntei aos escritores e eles disseram que é mentira.

— Claro que é mentira! Você inventou isso!

Eu estava saindo do sério, apesar de saber que não devia fazer isso.

— Não sei do que está falando — respondeu Sky, enquanto examinava os longos cabelos negros e o rosto excessivamente bronzeado no espelho.

— Então você não sabe de onde a *Celeb Insider* conseguiu essa história maluca sobre eu ter de gravar várias vezes uma cena de beijo com Trevor para deixá-la com ciúmes? — perguntei. — O que a matéria dizia mesmo? Ah! Isso mesmo. "Kaitlin Burke fez Sky Mackenzie sair chorando do estúdio."

— Deve haver alguém aqui que *realmente* não gosta de você, K. — Seus olhos castanhos agora me encaravam. — A propósito, li uma outra história, na internet, sobre você. Algo sobre sua mãe ser considerada uma completa interesseira em Hollywood.

Isso foi a gota-d'água! Eu queria voar no pescoço dela. Imaginei um briga louca entre nós do tipo que Paige e Krystal faziam no nosso programa (você conhece o tipo: alguém sempre acaba sendo empurrado na piscina enquanto usa um elegante vestido de noite), mas lembrei-me do pedido de Laney. Então, em vez disso, saí do camarim batendo a porta atrás de mim.

— Não fique assim, K.! — gritou Sky com voz melodiosa.

ODEIO ESSA GAROTA!

Amo meu trabalho, mas cá entre nós, coisas desse tipo às vezes me fazem desejar poder sair de Los Angeles. Sinto que todos que conheço respiram Hollywood 365 dias por ano. O que aconteceu com o tempo de folga? Sei lá, conversar sobre *outra* coisa que não seja cinema, ou sentar e ler um bom livro ou, simplesmente, ir à praia. Laney e meus pais ainda não sabem disso, mas estou pensando em fazer algumas sérias mudanças quando acabarem as filmagens dessa temporada de *Family Affair*. Algo como encontrar uma ilha distante e descansar a minha mente por um tempo...

A quem eu queria enganar? Quando o seu rosto aparece na televisão todos os domingos às nove da noite, como você consegue desaparecer sem que as pessoas percebam?

UM *Na 101*

— Kates! Katie? KAITLIN! Acorda! — ordenou a voz abafada de Nadine, enquanto eu permaneço imóvel sob o meu maravilhoso edredom de 600 fios. — Você tem de estar no estúdio às oito e meia. Já são sete.

Ouço enquanto Nadine procura freneticamente, sob as pilhas de revistas não lidas e embaixo das roupas espalhadas, o meu telefone celular.

— Você sabe que o trânsito a essa hora é horrível na 101. Levanta!

— Tudo bem. Tudo bem — gemo enquanto jogo os lençóis com estampa do filme *Guerra nas estrelas*. — É que ontem fomos dormir muito tarde.

— Pelo menos, você não teve de dirigir por uma hora até chegar em casa a uma da manhã — responde ela, bocejando.

Ainda grogue de sono, vejo quando Nadine encontra meu celular sobre uma mala que ainda não foi desfeita. Levei-a em uma viagem rápida que fiz a Nova York no fim de semana para um lanche com a imprensa.

Sinto-me mal por Nadine, mas de quem sinto realmente pena é da minha maquiadora, Shelly. Ela teria dificuldades para ocultar minhas olheiras para a sessão de fotos de hoje para a *Teen People.*

— Vista isso — ordena Nadine, jogando meu jeans favorito, meio desbotado. — Paul e Shelly vão pentear e maquiar você quando chegarmos, então não precisa se preocupar com isso — acrescenta ela, bruscamente. — Basta lavar o rosto.

Concordo com a cabeça. Estou mais preocupada em encontrar meu Sidekick, que tem tudo o que eu preciso: minha agenda sobrecarregada, o número de telefone e o e-mail dos amigos, o que me ajudava a manter contato com eles mesmo quando estava gravando na longínqua locação em Kauai. Procuro sobre a minha cômoda bagunçada, ajoelho-me no chão de madeira e olho embaixo da cama de dossel feita sob encomenda.

— Nossa! Seu humor está ótimo hoje! — grito. — Será que isso tem alguma coisa a ver com mamãe?

Vejo meu Sidekick enfeitado com cristais verdes sob meu boné do Dodgers e o pego. Levanto-me e dou de cara com Nadine. Seu rosto branco ficou tão vermelho quanto seus cabelos ruivos ao ouvir a menção à minha mãe. Ela cruza os braços sobre a blusa camuflada onde se lê TRABALHO POR COMIDA.

— Esqueça o que falei — digo rapidamente.

Na noite anterior, mamãe disse que estava com febre e saiu do set de filmagens às sete horas, deixando Nadine como acompanhante. (Como só tenho 16 anos, preciso de um tutor no set comigo o tempo todo. Não que Nadine seja uma tutora. Ela mesma só tem 23 anos.) Suspeito que mamãe só tenha saído daquele jeito porque queria ir ao jantar oferecido por John Travolta no Hilton de Beverly Hills, mas se eu contar isso a Nadine, ela certamente vai explodir, pois acha que mamãe está "vivendo da boa sorte da filha" e afirma isso sempre que a pegamos paquerando algum astro em um de seus conjuntos da PB&J Couture.

— Por que você já está acordada tão cedo? Pensei que mamãe fosse passar o dia comigo hoje — disse enquanto corria para o banheiro para escovar os dentes com minha escova de Han Solo.

— Sua mãe se esqueceu da aula de tênis — responde Nadine, cansada. — Rodney me pegou no caminho. Graças a Deus imprimi o itinerário quando cheguei em casa ontem à noite.

Cuspo a pasta de dente e encaminho-me até o closet para encontrar algo para vestir. Sou adepta do jeans e camiseta quando não estou trabalhando, mas como o assunto hoje era profissional, escolhi meu blazer de tweed que estava super na moda e um tênis Puma de camurça verde tamanho 40. Acho que eles fazem com que meus pés pareçam menores, o que é muito bom, já que meu irmão mais novo me chama de "Pezão".

Enquanto amarro os tênis, vejo que Nadine tirava o itinerário do dia do seu fichário de couro marrom. Nadine o chama de "bíblia". Ela mantém uma lista com o tamanho do meu sutiã, estilistas favoritos, preferência alimentar (bolinho de arroz assado com carne de porco e vegetais de um restaurante chinês em Santa Monica) e aversão (o cheiro de atum me dá náusea) e os DVDs que devem estar sempre disponíveis no set (a coleção *Guerra nas estrelas*, OK. *Legalmente loura*, OK), além de uma lista com números telefônicos de agentes de elenco, produtores de programas de entrevistas e diretores de estúdio com quem eu precise falar a qualquer momento. Na verdade, Nadine usava qualquer desculpa para fazer uma planilha.

— Tudo bem. A gravação deve terminar às duas. Às duas e meia, você tem a prova de roupa para a *première Off-Key* na So Chic — diz Nadine, enquanto prende os cabelos com um prendedor da Hello Kitty. — Durante o percurso, você fará duas entrevistas por telefone. Uma com a *E!* e a outra com *Weekly Entertainment.*

— Isso é tudo? — brinco.

Pego o Sidekick e o coloco na minha bolsa jeans. Vários cristais verdes se soltam, caindo no chão. Da próxima vez, acho que contratarei ajuda profissional para decorar meu Sidekick, em vez de tentar fazer isso sozinha.

Nadine me apressa, saímos do quarto, descemos a escada em espiral e chegamos à sala de estar.

— Não me culpe — resmunga ela. — Sua mãe é sua agente e é ela quem organiza sua agenda.

Nadine abre a boca para falar mais alguma coisa, mas desiste quando vê minha mãe entrando na sala usando o uniforme branco de tênis e um casaco de moletom cor-de-rosa da PB&J Couture.

— Docinho, você já está pronta. Estava subindo agora para acordá-la — diz ela, dando-me um beijo rápido no rosto.

A certidão de nascimento da minha mãe diz que ela tem 40 anos, mas, ao olhar para ela, você não lhe daria mais do que 35. Loura platinada (graças ao cabeleireiro Sergi), bronzeada (graças a Fergie do Mystic Tanning) e em perfeita forma (graças ao treinamento diário com Logan), algumas vezes ela é confundida com uma irmã mais velha, o que ela *ama*.

— Estava pensando — começa minha mãe, que parecia uma gigante a meu lado. (Herdei os olhos verde-esmeralda dela, mas não a altura majestosa.) Ela pegou uma mecha do meu cabelo louro mel natural. — Quando Paul for penteá-la, não deixe que puxe o cabelo para trás — orientou ela, olhando as mechas de perto. — Eles devem estar soltos e cacheados, como Mina Burrows na *Vogue* desse mês. Detesto quando prendem o seu cabelo. Sua cabeça parece tão pequena.

Nadine resmunga algo.

— Quero que me prometa também que pelo menos *tentará* usar algo de alta-costura — continua mamãe. — Isso faz com que pareça uma adulta sofisticada. Assim, você conseguirá papéis adultos, querida. Você tem de parecer mais velha.

— Tenho 16 anos — digo enquanto me afasto dela e sigo para a cozinha grande e espaçosa. Abro a geladeira, jogo uma garrafa d'água para Nadine e pego uma rosquinha de uva-passa e canela para mim. — Gosto de aparentar a minha idade. Odeio o modo como Sky está sempre tentando parecer ter 25 anos, em vez de 16. Ela fica ridícula.

— Você pode pensar assim, querida, mas Sky faz tudo pela imagem. Temos de elevar a sua também se quisermos papéis maiores e melhores.

Mamãe olha para mim e levanta a sobrancelha, o que nunca é um bom sinal, e tira a rosquinha da minha mão e me dá um pêssego.

Sei que poderia ficar de castigo para sempre se me atrevesse a dizer isso, mas às vezes desejava que minha mãe de verdade se parecesse mais com a minha mãe do programa. Paige Stevens sempre deixava Sam chorar em seu ombro. Houve um episódio em que Sam perdeu a eleição para rainha do baile para uma aluna de intercâmbio da Bósnia. Paige cancelou uma viagem de trabalho para Paris e consolou Sam, além de fazer duas fornadas de biscoitos e de alugar *Diário de uma paixão* para assistirem juntas.

Se eu perdesse um papel em um filme para Sky, duvido que minha mãe assasse biscoitos para mim. Na verdade, acho que ela nem sabe como ligar o forno.

— Temos de ir. Rodney vai ficar bravo se o fizermos esperar mais — afirma Nadine.

— Tudo bem. Divirta-se Kaitie-Kat — diz mamãe. Encolhi-me. Não gosto quando ela me chama assim. — Sinto muito que ninguém possa ir para a sessão de fotos com você hoje. Mas não podia cancelar minha aula de tênis com a mãe de Paris e papai está ocupado jogando golfe com Matt e aquele diretor de elenco da New Line. Aqueles episódios de *E.R.* que Matty fez criaram um alvoroço em torno dele.

SEGREDO NÚMERO DOIS DE HOLLYWOOD: Todos — todos mesmo, sem exceção — em Los Angeles estão no ramo do entretenimento. Desde o rapaz com cara de estudioso que trabalha como mensageiro do hotel Chateau Marmont e que afirma estar escrevendo um roteiro, até a caixa do supermercado Bristol

Farms com unhas postiças de cinco centímetros de comprimento que pede a você dicas sobre como conseguir um trabalho como modelo. É difícil encontrar alguém que não seja obcecado pelo brilho, pelo glamour e pelo monte de dinheiro que Hollywood atrai, incluindo a minha família. Dez anos atrás, minha mãe largou o emprego de recepcionista em uma clínica de cirurgia plástica em Malibu para gerenciar minha carreira.

— Ninguém será capaz de fazer por você o que eu farei, Kate-Kate.

Três anos depois, meu pai largou o trabalho como vendedor em uma loja de automóveis em Beverly Hill para se tornar produtor de cinema. Até agora, ele só conseguiu trabalhar nos meus filmes.

— Se eu ajudar a tomar as decisões em todos os seus filmes, conseguiremos aumentar a rotação dos seus ganhos, querida! — exclamara papai, que costumava usar terríveis expressões automobilísticas nas conversas.

Então, era apenas uma questão de tempo antes que meu irmão de 13 anos aspirasse a ser o próximo Ashton Kutcher.

Nadine parecia ser uma exceção. Enquanto bate suas sandálias Birkenstocks impacientemente, percebo que ela está levando sua apostila para as provas. Tendo se formado com louvor em Princeton, seu objetivo agora é ficar em Los Angeles por alguns anos, ganhar muito dinheiro e, depois, entrar na faculdade de administração de Harvard. Nadine quer ser uma CEO do mundo ou, pelo menos, de uma das quinhentas empresas eleitas pela *Fortune*. Ela seria muito boa nisso também.

— Não se preocupe comigo, mãe. — Olho nervosamente para Nadine pelo canto do olho. — Vejo você mais tarde.

Nadine pega meu braço e me empurra gentilmente pela porta da frente. Parece que estou sempre apressada. Corremos pela alameda e entramos no sedan preto, onde Rodney nos aguarda.

— Bom-dia, Kates — murmura Rodney com a boca cheia. Ele estava comendo seu café da manhã de sempre, rosquinha com pasta de queijo e ervas. — Dormiu mais que a cama de novo?

Com 1,95m e mais de 130 quilos, Rodney parecia ser capaz de esmagar qualquer lutador profissional, mas, na verdade, não passava de um grande urso de pelúcia. Rodney já trabalhava como meu guarda-costas há dois anos. Meus pais o contrataram depois que fui cercada por uma multidão na Virgin Megastore no Valley enquanto tentava comprar um CD do John Mayer. Mas o que Rodney quer mesmo é ser um astro de filmes de ação (chegou até a fazer algumas pontas como segurança de boates em *Family Affair),* mas o dinheiro que ganhava como meu guarda-costas e motorista serviria para pagar as contas nesse meio-tempo.

Acomodei-me no banco preto e olhei pela janela enquanto o carro seguia o longo caminho até chegarmos no portão de ferro batido, onde Rodney digitou o código de segurança. Compramos nossa casa num subúrbio de Hollywood chamado San Marino três anos atrás, quando renovei meu contrato com *Family Affair.* Gostaria de poder dizer que ajudei a escolher a gigantesca mansão em estilo espanhol, mas a verdade é que papai e mamãe saíram em busca da casa sem mim.

Fecho os olhos pelo que se parece um minuto, quando o carro para de forma abrupta.

— Hum, Nadine? — diz Rodney calmamente. Olho pela janela e vejo que a via expressa está parada. — A não ser que queira chamar um helicóptero, chegaremos atrasados ao estúdio. — Nadine franze o cenho. — Mas veja as coisas do seguinte modo: eles não podem começar sem a gente.

Com isso, Rodney cai na gargalhada. Já que não iremos a lugar nenhum por um bom tempo, pego meu Sidekick para mandar mensagens de texto para minha melhor amiga e única que não está no mundo das celebridades, Liz Mendes. Sei que não adianta ligar para a casa dela antes das dez da manhã nos fins de semana. O Sr. Mendes não se levanta antes do meio-dia. Ele é um advogado especializado no ramo do entretenimento que, em geral, sai para beber vinho ou para jantar com seus clientes famosos (como eu, o que fez com que Liz e eu nos conhecêssemos alguns anos antes), com quem fica até altas horas da madrugada.

PRINCESALEIA25: Já acordou?

MENINASUPERPODEROSA82: Sim. Estava na aula de kickboxing.

PRINCESALEIA25: Vc não fez aula ontem????!!!

MENINASUPERPODEROSA82: Tenho de treinar para o campeonato.

PRINCESALEIA25: Vc tá obcecada!

MENINASUPERPODEROSA82: Rsrs. Vc deveria fazer uma aula. Assim poderia dar um chute no traseiro de Sky.

PRINCESALEIA25: Boa ideia!

MENINASUPERPODEROSA82: Vamos nos encontrar no Slice of Heaven às 4h?

PRINCESALEIA25: Ok. Acho que já terei terminado tudo.

MENINASUPERPODEROSA82: Vejo vc lá!

— Antes de chegarmos lá, Laney queria que eu repassasse algumas coisas da entrevista com você — diz Nadine, quando percebe que o trânsito está melhorando. — Ela não estará lá.

— Tudo bem — respondo, guardando meu Sidekick.

Nadine começa a ler o e-mail enviado por Laney.

— Número um: certifique-se de falar sobre a última temporada de *Family Affair*.

— Moleza! — respondo, tentando segurar um bocejo.

— Número dois: certifique-se de que não dará detalhes demais sobre o casamento de Krystal.

— Nada de deixar vazar detalhes importantes — concordo com a cabeça.

— E, o mais importante — termina ela —, tente não dar muita importância para a animosidade entre você e Sky.

Finjo estar fascinada por uma Mercedes brilhante e um Porsche que acabam de passar zunindo pela janela.

Nadine me olha, desconfiada.

— É sério, Kaitlin. Diga a essa tal de Zara que não quer falar sobre Sky ou Trevor.

— É claro que ela só quer falar sobre *isso* — protesto.

— Já falamos sobre isso com Laney — repete ela. — Você e Trevor são amigos. Você está feliz por ele e Sky. Seja lá o que diga, não divague sobre o assunto. Você acha que todos os jornalistas são seus amigos, Kaitlin, mas eles não são. Eles só querem conseguir uma história.

— Não consigo evitar. — Olho para Rodney. Sei que ele está tentando não rir. — Eles acabam fazendo com que eu fale sobre Sky e, quando percebo, estou dando desculpas sobre por que não saímos juntas. Quer dizer, não posso contar a eles que ela está no lado negro da força, posso? Isso faria com que eu parecesse má. E esse lance do Trevor. Eu não gosto dele! Não de um jeito romântico. Sinto-me mal por ele ter sido hipnotizado por Sky, mas...

— Você está fazendo de novo — reclama Nadine apontando um dedo para mim. — Está divagando.

— Quando o assunto é Sky, fico sensível — respondo, cruzando os braços.

— Quando você fica nervosa, você começa a divagar — afirma Nadine de forma inflexível. — Não ligo se Zara disser que é a presidente do fã-clube de Kaitlin Burke. *Não* diga nada negativo a respeito de Sky. Deixe que ela se enterre sozinha.

— Tudo bem — concordo, cansada.

— Bem, o que quer que seja que vai dizer, é melhor inventar rápido — diz Rodney, enquanto para o carro no estacionamento da butique Fred Segal em Melrose. — Já chegamos.

DOIS *Entrevista na Fred Segal*

Quando a *Teen People* disse que queriam fotografar a matéria da capa na minha loja favorita, pensei imediatamente na loja de ficção científica na La Cienega, onde compro coisas com motivo *Guerra nas estrelas*. Sei que parece coisa de nerd, mas sou obcecada por *Guerra nas estrelas*. Não só é a melhor história do bem contra o mal já escrita, com os heróis mais gatos (não posso nem começar a falar sobre o charmoso e atrevido Han Solo), mas também com uma *heroína* que entra em ação. Eu daria tudo para representar a Princesa Leia, com os cabelos presos em coques ao lado da cabeça...

Mas, hoje, não estamos falando sobre meu amor por tudo que seja relacionado com *Guerra nas estrelas*. Laney vetou a ideia.

— Isso é coisa de nerd. Escolha Fred Segal. A loja está na moda.

Mesmo que você nunca tenha entrado na Fred Segal, já deve ter ouvido falar desse ímã de celebridades. A megaloja de dois andares em Melrose (há uma outra maior em Santa Monica) abriga um labirinto de minibutiques cheias de novidades e tendências com preços exorbitantes. Sou parcial em relação ao jeans, pois eles ajustaram de graça todas as minhas marcas favoritas (meu manequim é 36).

Rodney, Nadine e eu pegamos nossas coisas e, exatamente às 8h58, subimos as escadas de mármore cinza da entrada da loja, onde um segurança nos aguardava.

— Conseguimos! — exclamou Nadine, suspirando de alívio.

O segurança destranca as portas e nos acompanha. É estranho estar aqui sem ouvir música tocando através dos alto-falantes e perceber que a butique de produtos de beleza ainda não está arrumada. Quando passamos pelo departamento de sapatos, ouço alguém chamar meu nome. Viro-me e me deparo com uma mulher loura e baixa, segurando um gravador e caminhando em minha direção.

— Prazer em conhecê-la — entusiasma-se ela. — Sou Zara Connors da *Teen People*.

— É muito bom estar aqui — digo com um grande sorriso. — Adoro a *Teen People*.

— É bom saber disso. Então, você sabe por que estamos aqui, não é? Queremos revelar a verdadeira Kaitlin durante as compras. Laney me disse que a Fred Segal é sua loja favorita.

— Sim. Sempre venho aqui — respondo animadamente.

— Você tem uma hora para cabelo e maquiagem antes que a loja abra, depois vamos fotografá-la mostrando o que você mais gosta. — Zara consulta a agenda. — No final, faremos algumas perguntas. Tudo bem para você?

Concordo com a cabeça.

Zara me mostra o caminho e me apresenta para a pequena equipe. Cumprimento rapidamente o editor de fotografia, os assistentes e o fotógrafo, Marc Bennet. Não me esqueço de elogiar as fotos que fizemos juntos para a capa da *Lucky*. Depois, entrego-me às mãos da maquiadora e do cabeleireiro, Shelly e Paul. Eles fazem parte da minha equipe em *Family Affair* desde sempre, e eu os adoro. Mamãe também. Ela se assegura de que eles sejam contratados para todas as minhas sessões fotográficas.

— Boneca, temos de parar de nos encontrar assim — diz Paul de forma dramática quando me aproximo da estação de maquiagem que montaram no balcão da Fred Segal. — Esse horário de nove da manhã depois de uma noite abominável em *Family Affair* atrapalha o descanso da minha beleza. E vamos apenas esquecer a reação de Jacques. Ele ficou mais do que chateado quando disse que não poderia encontrá-lo para o café da manhã no Joan's on Third hoje.

Jacques, um colega *hair designer* (nota de advertência: nunca chame Paul de cabeleireiro), é o novo paquera de Paul. Eles tiveram dois encontros e Paul já está apaixonado.

— Ah! Fala sério! Vocês se viram ontem — exclama Shelly, dando um leve soco no braço dele.

— É, mas isso foi 24 horas atrás — reclama ele.

Acho que Paul e Shelly fariam um ótimo *reality show*. Ele é um cara bonito da Califórnia, de Venice Beach, e ela é uma mulher liberal do Sul do país, que fala alto e tem seios fartos. Eram opostos em tudo e, ainda assim, pareciam se encaixar perfeitamente (diferente de Sky e eu). Enquanto Paul só usa marcas conhecidas, Shelly só compra em liquidações. Ela vai a todas as lojas em remarcação e só compra o que foi remarcado com 60% ou mais de desconto. Isso deixa Paul horrorizado, pois você nunca o encontrará usando uma peça da coleção passada.

— Tudo bem, Kates. O que faremos hoje? — pergunta Shelly, enquanto aplica base em meu rosto e corretivo sob os olhos. — O que você acha de uma sombra cintilante para dar vida a esses olhos verdes? Ou talvez um pouco de brilho de corpo?

— Você não acha que brilho é um pouco demais? — pergunto. — Pessoas comuns vão ao shopping usando roupas informais.

— Ai, não me venha com esse papo de pessoas comuns de novo — reclama Paul, puxando meu cabelo para trás em um coque baixo, do jeito que eu gosto. — Querida, vamos resolver uma coisa. Você não é comum. Você é uma celebridade de Hollywood e deve estar sempre maravilhosa — diz ele se olhando no espelho e arrumando o cabelo castanho cacheado.

Ele pisca o olho para mim e dou um empurrão no rosto dele. Todos me acham doida por ser tão fascinada pelo mundo real, também conhecido por qualquer coisa além de Los Angeles.

— As pessoas seriam capazes de matar para poderem ter dinheiro suficiente para levar os amigos para as ilhas Turks e Caicos para uma linda festa de 15 anos — lembrava-me Liz.

Tudo bem, ela estava certa. Mas pessoas comuns não precisam se preocupar com alguém como Sky falando besteira sobre elas nos noticiários.

Assim que Paul borrifou pela última vez spray fixador no meu cabelo, Zara se materializou ao meu lado, pronta para começar a entrevista. Nossa primeira parada foi no balcão de perfumes.

— Adoro todos os perfumes com um toque de lavanda — repeti, conforme Laney havia me orientado.

Ela disse que a lavanda tradicionalmente evoca sorte e confiança e que Zara ficaria impressionada. Marc nos acompanha, fotografando enquanto faço poses com diversos produtos. Mais atrás, seguem Nadine e Rodney. Agora que a loja está oficialmente aberta, Rodney assumiu a expressão "Não mexa com a gente". Isso, acrescido da grande estatura, cabeça totalmente raspada e óculos escuros, é o suficiente para amedrontar qualquer um. Qualquer um, exceto a relações-públicas da Fred Segal.

— Kaitlin Burke! Será que se lembra de mim? Sou Kathy Sutherland, diretora de relações públicas da Fred Segal e da Fred Segal Beauty.

A morena alta e magra, vestida para matar em seu terninho de tweed, aproximou-se estendendo a mão, cujas unhas estavam perfeitas.

— Claro que sim — sorrio ao apertar a mão dela. — Obrigada pelo dia no spa oferecido no mês passado.

— Não há o que agradecer — afirma ela dando um sorriso com dentes perfeitos e brancos. — Fred Segal gosta de cuidar de seus clientes especiais. Aliás, isso aqui é para você — diz ela entregando-me várias sacolas brancas da Fred Segal cheias de produtos. — Uma para você, uma para Nadine, é claro, e eu escolhi algumas coisas que estão entre as favoritas de sua mãe.

— Muito obrigada — respondo pegando as sacolas lentamente. — É muita gentileza.

Se Kathy pudesse ver o meu banheiro. As prateleiras estavam lotadas de produtos que ganhei. Na verdade, eu poderia abrir um pequeno spa na minha casa.

Segredo número três de Hollywood: Grandes estrelas recebem muitas coisas de graça. Pequenas estrelas ganham isqueiros Zippo. Tudo bem, talvez ganhem pequenos descontos ou uma sacola de vez em quando, mas isso não é muito comum. Sei que isso não faz o menor sentido. Quando você pode pagar pelas coisas, vários produtos grátis começam a chegar ao escritório do seu relações-públicas. E isso diariamente. Diga que não pode viver sem um determinado hidratante na *Live with Regis and Kelly* e eles mandarão uma caixa no dia seguinte.

Kathy acompanha o séquito até a sessão de jeans. Marc me fotografa em diversos modelos, enquanto Zara faz perguntas do tipo:

— O que você gosta de usar quando não está trabalhando?

— Minha camiseta da Princesa Leia com uma calça de moletom verde cortada. Adoro verde.

— O que você comprou com seu primeiro salário?

— Eu tinha 7 anos e comprei uma cama elástica enorme para colocar no quintal da nossa casa.

— Quanto custa a bolsa que você usa no momento?

— Comprei uma bolsa de lona creme e couro verde da Prada que custa 1.000 dólares. Comprei uma para mim e uma para minha amiga, Liz. Mas pedi a autorização da minha mãe primeiro.

Quando nos aproximamos da sessão de sapatos, percebo que o grupo cresceu. E muito. Havia várias garotas nos seguindo, mesmo que tentando não parecer óbvias demais.

— Isso não é lindo? — pergunta uma delas, segurando um top cor-de-rosa e mostrando para as amigas risonhas.

Uma outra tenta tirar uma foto com o celular, mas Rodney acaba com a brincadeira.

— A Kaitlin pode tirar uma foto? — pede ela.

Rodney dá uma mordida em sua barra energética e responde:

— Só depois da sessão de fotos.

Por volta das onze e meia já havíamos visitado todos os departamentos da loja. Como foto final, Marc pega o grupo de meninas que está nos seguindo e eu "indo embora" cheia de sacolas da Fred Segal. A maioria das sacolas era minha, já que Kathy tentava me dar tudo o que eu achasse bonito e charmoso, incluindo um par de escarpins amarelo-banana horrorosos.

Depois que dei autógrafos e tirei fotos, terminei a entrevista com Zara. Cheguei a contar algumas histórias engraçadas (na verdade, contei sobre o momento mais embaraçoso quando acidentalmente deixei cair comida em Julia Roberts em uma festa). Zara queria saber os podres mesmo.

— Todos na revista estão obcecados por Trevor Wainright — suspira ela. — Amamos o personagem dele, Ryan. Como é trabalhar com ele?

— Ele beija muito bem. Os lábios dele são bem macios — digo rindo.

Isso é verdade. Não que eu tenha beijado muitos caras para poder comparar.

— Mas deve ser constrangedor — comentou Zara. — Já que Sky tem um lance com Trevor.

— Isso você tem de perguntar a ela — respondi calmamente, enquanto sentia a bomba ser acionada.

— Então você não está com ninguém no momento? — pergunta Zara, enquanto aproxima mais o gravador de mim.

Meneio a cabeça e sorrio.

— Infelizmente, não. Entre *Family Affair*, meus deveres de casa e as obras de caridade, não sobra muito tempo para mais nada.

— Parece que conseguiu uma brecha ano passado, quando foi vista com Drew Thomas.

— Nós não namoramos — expliquei de forma firme. — Só saímos para jantar algumas vezes. Estávamos em negociações para fazermos um filme juntos.

O que eu queria dizer era que Drew era uma massa muscular egoísta que estava mais preocupado com a fama de suas namoradas e como conseguiria tirar proveito disso antes de entrar em uma relação de verdade. Descobri isso do modo mais difícil e não tive mais vontade de namorar ninguém depois. Claro que também não tive tempo.

— A *TV Tome* desta semana tem uma história sobre uma briga entre você e Sky por causa de Trevor — continua Zara. — Você gostaria de comentar?

Olho para Nadine, que faz sinal para eu me controlar.

— Acho que alguém no set deve estar bebendo muito café expresso e anda tendo alucinações — eu ri. — Eu e Sky não estamos competindo por Trevor. Isso não poderia estar mais longe da verdade. Ele é de Sky enquanto ela o quiser. Trevor é ótimo, mas acho que é calmo demais para mim. Gosto de rapazes mais confiantes, sabe? Ele combina mais com Sky, que pode andar...

— O TEMPO ACABOU — grita Nadine e Zara dá um pulo de susto. — Sinto muito — desculpa-se Nadine. — Mas temos de ir.

Olho no relógio e são 1h55 da tarde. Eu queria dar um pulinho no Mauro's Café & Ristorante, que fica dentro da Fred Segal e conseguir um *smoothie* de morango, mas não terei tempo. Meu estômago está roncando. Sinto muito, amigo. Vamos torcer para a So Chic ter um cardápio de comida chinesa à mão.

TRÊS *Slice of Heaven*

Quando Rodney e eu chegamos às 4h15 da tarde, Liz já nos aguardava no reservado de madeira que sempre ocupávamos nos fundos do Slice of Heaven. Enquanto caminhamos entre as mesas cheias, procuro baixar bem a aba do boné do Dodgers para não ser reconhecida. Não que isso fosse possível quando se tem um brutamontes intimidador andando nos seus calcanhares. Liz vê quando nos aproximamos e bate com o dedo no relógio.

— Sinto muito — digo enquanto escorrego para sentar no reservado. — Rodney e eu ficamos presos na Robertson.

— Autógrafos? — perguntou Liz sabiamente.

— *Paparazzi* — explica Rodney com a boca cheia de pepperoni. Como ele conseguia isso? — Eles são como um enxame de abelhas.

— Não é surpresa. Você é a notícia da semana, Kates — diz Liz com os olhos castanhos brilhando. — Você foi vista por toda a cidade chorando por ter perdido Trevor Wainright para Sky. — Ela pega meu boné gasto e o levanta para poder estudar melhor meu rosto aborrecido. — Mas não vejo lágrimas — termina ela rindo, o que faz com que os cabelos encaracolados balancem.

— Engraçado — comento, sarcástica. — Muito engraçado mesmo. Podemos fazer o pedido? Estou *morrendo* de fome.

— Sinto muito. Não consegui resistir. Papai deixou a *Hollywood Nation* no banheiro.

— Você a usou como papel higiênico? — pergunta Rodney enquanto pega mais um pedaço cheio de queijo.

— Acho que tenho de tentar — responde Liz, que depois olha para algo atrás de nós e diz em voz alta: — Isso é o que chamo de serviço de primeira!

Viro-me para olhar. O dono do Slice of Heaven, Antonio, encaminha-se em nossa direção com nosso pedido de sempre: uma pizza siciliana com queijo extra, pimentão e brócolis e três Sprites.

— Aqui está — anuncia ele. — Tudo para minhas clientes favoritas e para o Sr. Rodney, é claro.

Ele coloca a pizza fumegante na mesa e cada um pega um pedaço.

Não há pizza melhor em Los Angeles do que a do Slice of Heaven. Na verdade, acho que deve ser a melhor pizza de toda a Costa Oeste. (Antonio diz que o segredo é a água que ele usa para fazer a massa. Ele manda engarrafar água de torneira de Nova York para ser entregue aqui.)

Existe outro motivo por que Liz e eu gostamos deste lugar: ninguém me incomoda aqui. A decoração do restaurante é simples, com mesas de madeira e toalhas xadrez fora de moda, em uma rua estreita no bairro Studio City de Los Angeles e os *paparazzi* nunca pensam em vir até aqui. A maioria das estrelas jantam em outros lugares da moda de propriedade de outras estrelas ou vão a boates com alto nível de segurança como a Star. Passo tempo demais nesse círculo e, por isso, gosto mais do Slice of Heaven. Quando Liz e eu nos sentamos no reservado dos fundos para comermos nossa pizza e tomarmos Sprite, ninguém nos nota, o que para mim é realmente o paraíso.

Levanto-me e dou um beijo no rosto de Antonio.

— Obrigada, Tony. Estava morrendo de vontade de comer isso o dia todo. E olha que hoje foi um dia agitado, mesmo para mim.

Ele fica vermelho.

— Você teve sorte porque Liz me disse que você viria. Estamos quase sem brócolis e eu guardei uma porção para você.

— Você é demais — digo, enquanto dou uma dentada em uma fatia.

Antonio chama Rodney.

— Venha comigo. *Rambo: a missão* está passando na TV.

— Você acha que consegue algumas almôndegas enquanto isso? — pergunta Rodney se levantando e derrubando o porta-guardanapo. — Grite se precisar de mim, Kates — orientou ele antes de seguir Tony.

— Como foi a sessão de fotos? — perguntou Liz. Apenas balancei a cabeça, pois estava com a boca cheia. — E o almoço de outro dia com Laney e seus pais? — ela pergunta sorrindo.

Paro de mastigar e olho para meu prato gorduroso.

— Você vem evitando falar sobre isso há dias! Não me contou o que aconteceu quando disse que queria dar um tempo.

Pisquei rapidamente e suspirei. Liz deu uma mordida gigantesca na fatia de pizza e a gordura escorreu pelo queixo enquanto ela balançava a cabeça.

— Digamos que não fiz muitos progressos — respondo lentamente antes de dar mais detalhes sobre meu fatídico encontro no Ivy.

Entre o longo discurso de meus pais sobre os planos futuros para minha carreira e a assinatura do contrato de Matty com Laney e Laney jogando o nome de seus outros clientes famosos ("Passei a manhã toda com Reese e as crianças", dizia ela, enquanto minha família ouvia atentamente. "Ela queria minha ajuda para escolher um vestido para o evento de Erase MS neste final de semana."), eu mal pude dizer uma palavra. E, quando finalmente consegui falar alguma coisa, sugeri de forma dócil que eu tirasse umas férias durante o intervalo das filmagens entre as temporadas, em vez de fazer um tour voltado para a imprensa que eles sugeriram. Meus pais, Matt e Laney agiram como se eu estivesse louca.

— Aproveitar... o intervalo... para tirar... férias? — repetiu Laney devagar, enquanto batia as unhas feitas à francesa nervosamente na mesa. — Essa NÃO é uma boa ideia. — Seus olhos muito maquiados me encaravam intensamente. — Os tabloides estão ávidos por histórias sobre você e Sky. Se você desaparecer por alguns meses, ela vencerá.

— É hora de engatar a marcha! — exclamou papai como um animador de torcida. — Trabalhar, trabalhar, trabalhar, Katie. Isso vale a pena.

Matty foi o único a ficar do meu lado. Ou pelo menos tentar.

— Laney, eu poderia ir para *Ellen* no lugar de Kaitlin — tentou Matty arrumando o cabelo louro e os olhos verdes brilhando de animação. — Não preciso de treinamento para lidar com a mídia como Kaitlin. Eu poderia ser o irmão mais novo que faz tudo pela irmã. E falar sobre o meu próximo projeto, é claro... Basta que eu consiga um.

Matt nunca aceitou o fato de que tudo que consegui para ele em *Family Affair* foi um papel de figurante. Ele ficou tão zangado com isso que chegou a invadir o escritório dos escritores e exigiu um papel maior. Tive sorte de os escritores levarem na boa essa explosão do meu irmãozinho de 13 anos de idade. Eles poderiam ter enviado Sam para o Camboja para construir escolas com lama.

— Estamos falando da sua carreira, Kate-Kate — disse mamãe com um doce sorriso no rosto, enquanto selava meu destino para o intervalo de filmagens entre as temporadas com um monte de aparições na TV e eventos sociais, desde o dia em que as filmagens dessa temporada de *Family Affair* terminassem na semana que vem até o dia em que eu voltasse para o set em agosto. Se quisermos que você tenha uma carreira longa, temos de proteger sua imagem e acabar imediatamente com esses rumores. Você pode ter um final de semana de folga, mas, depois disso, deve voltar ao trabalho. Estamos entendidas? — perguntou, levantando uma sobrancelha de modo amedrontador. Nunca é demais dizer que quando ela faz isso não é um bom sinal.

— Sim, mamãe — concordei.

Mas eu deveria ter dito que *estou exausta*. Que estou completa e inteiramente arrasada por essa onda de fofocas e de brigas com Sky e a agenda sempre cheia de compromissos. E que, se eu não desse um tempo de tudo que tivesse a ver com Hollywood, eu poderia ter um colapso nervoso que faria com que eu pintasse o cabelo com um tom horroroso de louro platinado, parasse de consumir qualquer coisa que não seja da Jamba Juice, além de ficar em festas até as quatro da manhã como alguns jovens astros que conheço, mas que sou discreta o suficiente para não mencionar.

— Então, imagino que você não tenha mencionado Cabo? — brincou Liz.

Nós duas estávamos planejando uma viagem até Cabo San Lucas para pegarmos sol enquanto eu estivesse de férias do trabalho, mas não acho que isso esteja nos planos de Laney.

— Não mesmo — respondi, enquanto olhava para outro pedaço de pizza e Liz percebeu.

— Vá em frente, garota. — Ela pega um segundo pedaço para si. — Isso não vai matar você.

Olho em volta, quase pensando que mamãe poderia se materializar a qualquer momento e ter um ataque, antes de pegar outro pedaço.

— Isso mesmo, garota! — encoraja-me ela. — O primeiro passo é em relação à pizza, o segundo é lembrar à sua comitiva quem realmente está à frente de sua carreira.

Algumas vezes, sinto inveja de Liz. Ela não leva desaforo de ninguém para casa. Além disso, come o que quer e quando quer. Diz que queima toneladas de calorias nas aulas de kickboxing e o que ela não gasta acaba no seu "grande traseiro latino".

— Se isso funciona para Jennifer Lopez, então deve funcionar para mim — diz ela quando experimentamos calças jeans Lucky na Groove do shopping.

Liz é aquele tipo de pessoa que tem tanta autoestima que faz com que você se sinta bem perto dela. Na verdade, ela gosta dos mesmos lugares de Hollywood que eu, já que seu pai é do ramo, mas ela não precisa se preocupar com a mídia inventando histórias estranhas a seu respeito.

Segredo número quatro de Hollywood: Não é necessário ser ator, produtor ou diretor para ser tratado como um membro da realeza em Hollywood. Normalmente, basta fazer parte da indústria ou ser parente de alguém famoso. Relações-públicas imaginam que, ao presentear as famílias das celebridades com telefones celulares gratuitos ou dar convites para as festas mais badaladas, os astros e estrelas acabarão sabendo o que está sendo promovido.

— Estou muito frustrada — reclamo, cansada. — Eu só queria sair um pouco de cena, sabe? Não estou falando de desistir da carreira ou algo do gênero. Só queria tirar umas férias de Sky, dos tabloides e da minha agenda sempre lotada.

Liz para de mastigar e olha para mim de forma curiosa.

— Infelizmente, esse é o ônus do seu trabalho — lembra-me ela de forma gentil. — Além disso, não é muito mais fácil estar no meu lugar. O segundo ano é duro. Acabei de ser reprovada pela terceira vez em biologia, o que significa que o Sr. Harding vai ligar para o meu pai. Além disso, tenho de entregar um trabalho de história na semana que vem e ainda nem comecei a fazer a pesquisa e, mesmo que o baile de primavera seja só daqui a dois meses, não tenho nenhuma perspectiva de um par.

— Tudo bem, quando você coloca as coisas desse jeito... — digo, virando os olhos.

Liz jogou um guardanapo engordurado em mim e eu o joguei de volta.

— Mesmo assim eu ainda ficaria feliz em assistir aulas e deixar você lidar com Sky e com a *Hollywood Nation* por algumas semanas.

— Você é estranha. Acha a escola divertida. — Liz faz uma careta. — Basta dizer a palavra e troco de lugar com você. Eu poderia dar um chute no traseiro de Sky.

Isso ela podia mesmo. Embora só estivesse treinando há alguns meses, ela já estava muito boa no kickboxing.

Ri, mas não ligaria de trocar de lugar com Liz por um tempo. Seria bom poder diminuir um pouco o ritmo. E, sério, seria ótimo poder ir ao colégio todos os dias. O jeito que ela sempre descrevia Clark Hall parecia tão normal. Provavelmente porque era normal. O pai de Liz odiava a ideia de mandar a filha para um colégio interno só porque tinham dinheiro para isso, então ele a matriculara na Clark Hall. Localizada em um campus próximo a Santa Rosita, a escola particular era famosa por seu currículo altamente laureado (o que significa que há toneladas de turmas de alto nível para alunos aplicados, nas quais Liz está matriculada) e se orgulhava da alta porcentagem de alunos bolsistas vindos de todas as regiões de Los Angeles. Liz reclama muito do colégio, mas tudo que ela fala — os discursos longos e chatos, os bailes e as guerras no refeitório — parecia bem legal para mim.

— Seria bom desaparecer por um tempo — fantasiei, tristonha, enquanto encarava um grupo barulhento de adolescentes em uma mesa próxima.

— Sabe do que você precisa? Desaparecer de verdade. — Liz revira os biscoitinhos de alho que Antonio também deixou na mesa. — Esconda-se em algum lugar onde ninguém possa reconhecê-la. Vamos pensar em lugares divertidos aonde pudéssemos ir. Que tal o Taiti?

Eu não ri. Ela estava certa. Eu *deveria* desaparecer.

— St. Bart? Sempre quisemos ir a esse lugar — sugere Liz empolgando-se com o jogo. — Ou Belize!

— E a escola? — pergunto meio que entrando na brincadeira.

— Ah! Tudo bem. — Ela ri dando outra mordida no biscoitinho. — Fala sério!

— Você disse que eu precisava desaparecer. — Uma ideia estava se insinuando na minha cabeça. — Pense nisso. *Preciso* sair de cena por um tempo e a verdade é que não posso ir para longe. Rodney teria de ir comigo e ele nunca sai de Los Angeles durante o período de testes da temporada (período em que as redes da TV escolhem o elenco de novas séries, filmes, episódios-piloto e, depois, rezam para que suas séries sejam escolhidas no outono).

— Kates, eu estava brincando — interrompe Liz, mas eu estava animada demais para parar.

— Não posso deixar de fazer meus deveres da escola, certo? — exclamo. — Para onde quer que eu vá tenho de levar um tutor comigo. A não ser... A não ser que eu não precisasse de um se eu estivesse na Clark!

Liz arregala os olhos.

— Você não pode estar falando sério — diz ela com voz rouca.

— Claro que *estou* falando sério. — Dobro a perna colocando os pés sob meu corpo e me inclino sobre a mesa. Esse era o tipo de mudança de que eu precisava. As ideias começam a chegar sem parar. — Tenho de terminar os deveres de casa para o fim do ano, certo? Então, em vez de estudar com Monique, vou me matricular nas mesmas matérias que você. Pense nisso, Lizzie! Eu estaria me afastando do lixo publicado pelos tabloides, o que seria como férias para mim, além de podermos ficar juntas. Acho que isso seria um descanso para a minha cabeça. Cumprirei os compromissos com a imprensa marcados por Laney depois das aulas para que ela não tenha um ataque e para deixar meus pais satisfeitos e...

— Você está divagando, mas eu entendo aonde quer chegar. — Parecia que os olhos de Liz saltariam de seu rosto. Ela pega outro biscoito. — Mas isso não é muito realístico, Kaitlin. Os *paparazzi* vão se aproveitar. — Ela faz um amplo movimento com as mãos para enfatizar o que estava dizendo. — Você realmente quer ver todas as suas notas publicadas na *US Weekly*?

— Kaitlin Burke não vai existir se eu chegar à Clark Hall. Laney me MATARIA.

Mordo o lábio inferior nervosamente enquanto penso nas fotos que os tabloides poderiam publicar. Eu comendo batatas fritas gordurosas e uma manchete que diria: "As estrelas são porcas como todos nós". Laney teria um ataque.

— Acho que vou precisar de um disfarce.

— DISFARCE? — Liz fala tão alto que os adolescentes na mesa ao lado olham para nós. Puxei o boné mais para baixo.

— Acho que você já viu filmes demais. Não basta colocar óculos. Alguém poderia *reconhecê-la*. Se isso acontecer, você está acabada. Sky falaria que você quebrou o contrato com *Family Affair* ou algo do tipo.

— Certamente ela faria isso se descobrisse — interrompo. — Mas ela não vai descobrir, Lizzie. Tenho um *hair designer* e uma maquiadora, um guarda-costas e uma assistente pessoal meio doida que protege a minha privacidade como se fosse a dela. Tenho certeza de que conseguiríamos criar um disfarce.

— Olho esperançosa para ela. — Você poderia me ajudar!

— Você está delirando! — Liz meneia a cabeça. — Você deve estar com uma *overdose* de carboidrato no corpo devido à fatia extra de pizza. Amanhã você voltará ao normal. É uma ideia legal e tudo, mas eu estava *brincando* sobre o lance de desaparecer. Isso nunca funcionaria.

Tiro a forma de pizza da frente e seguro Liz por ambos os braços, tentando convencê-la.

— Se você me ajudasse, funcionaria. Você seria minha guia na Clark Hall. Ajude-me a me encaixar, mostre-me como é estudar em uma escola de verdade.

— Tenho certeza de que não faríamos as mesmas aulas — diz ela cansada.

— Você não está entendendo.

— O quê? Que você está querendo cometer um ato capaz de acabar com sua carreira? — pergunta Liz, franzindo o cenho. — Além disso, seus pais disseram que você fará um filme durante o verão.

— Não quero atuar no verão — afirmo, tentando não me lamentar. — Quero tempo para pensar. A escola seria tudo de que preciso para me afastar de Sky e de Hollywood. *Preciso* disso, Liz. O tour para a imprensa não será tão incômodo se eu tiver a escola como distração. E quando terminarem as aulas e meus compromissos com a imprensa, estarei novinha em folha para a nova temporada de *Family Affair*. Talvez Sky não me incomode tanto se eu não tiver de lidar com ela por um tempo.

Ela pressiona a testa com as mãos. Acho que lhe causei uma dor de cabeça.

— Liz? — digo calmamente. — *Diga alguma coisa.*

— Ai! TUDO BEM! — responde ela batendo com a mão na mesa, quase derrubando o meu refrigerante. — Acho que você está maluca, mas vou ajudá-la.

Levanto de um salto e dou um grande abraço nela, quase derrubando-a. Sentamos rindo a valer, chamando a atenção das pessoas a nossa volta.

— Além disso — ouço sua voz abafada enquanto a aperto. — Sou o menor dos seus problemas. Você terá de dar a notícia para Laney e para seus pais primeiro.

— Ih, é. Esqueci dessa parte. — Soltei minha melhor amiga e comecei a morder o lábio inferior novamente.

— Você pode fazer isso. — Liz muda o tom. — Só precisa ser na hora certa e no lugar certo.

— Você quer dizer algum lugar público onde eles não poderiam me matar — respondo secamente.

— Sabe onde você deve contar a eles? — pergunta ela. — Na sua *première*.

Olho para ela como se ela estivesse louca, mas rapidamente percebo que ela está certa. A festa de lançamento de *Off-Key* seria barulhenta, então os repórteres não ouviriam nossa conversa e estaríamos cercados de tantas pessoas que meus pais não poderiam fazer uma cena. Olho surpresa para Liz.

— Você é brilhante, sabia?

— Não acredito que você tenha demorado tanto para descobrir. — Ela desliza a cesta de biscoitos de alho em minha direção. — Agora pegue um biscoito para comemorarmos o seu primeiro passo rumo à independência.

Pego um biscoito gorduroso de dentro da cesta e dou uma mordida, feliz da vida. Dessa vez, não me preocupei com o que mamãe diria.

QUATRO   *Insone em Hollywood*

Depois da pizza, liguei para mamãe e avisei que dormiria na casa de Liz. Estou tão animada que quero começar a trabalhar no meu "declínio" como Liz começou a se referir ao meu plano. Até agora, já havíamos decidido três coisas. Anotei-as no meu Sidekick:

Sábado 21/2

OBSERVAÇÕES SOBRE DISFARCES:

1. Máscaras de borracha são ótimas (exemplo perfeito: Robin Willians em *Uma babá quase perfeita*). Infelizmente, isso não vai funcionar p/ mim. Todo aquele látex e cola seriam desconfortáveis d+. Sem mencionar que é difícil de tirar se eu tiver de despistar os *paparazzi*.

2. Um novo figurino e um chapelão não constituem um bom disfarce. Preciso mesmo é de uma boa peruca, lentes de contato coloridas e um sotaque legal.

3. A questão de Rodney. Papai e mamãe nunca permitirão que eu vá à escola sozinha, mas se virem Rodney, estou ferrada.

Liz acha que a presença de um cara grande e cheio de músculos que deve aguardar do lado de fora da sala de aula é um indicador certo de guarda-costas. Então terei de subornar Rodney para que ele pare o carro nas proximidades de modo que esteja perto o suficiente se eu tiver de lidar com alguma encrenca.

Com a finalização dos trabalhos de *Family Affair* essa semana e a estreia de *Off-Key* na sexta-feira, preciso deixar meu plano azeitado se quiser estudar por quatro meses na Clark.

Mas primeiro o que vem primeiro. Preciso conquistar mais pessoas que fiquem ao meu lado nessa questão de ir para a escola. Acho que minhas melhores apostas são Nadine e Rodney, então contarei meu plano para eles a caminho do trabalho amanhã, mesmo que esteja *exausta*. Na segunda-feira, tivemos de trabalhar por 16 horas em *Family Affair*. Depois de ter trabalhado até as duas da manhã, tinha de estar no trabalho hoje às nove. Vou para o trabalho de pijama. (Por que me dar o trabalho de trocar de roupa, se alguém vai me pentear, me maquiar e me vestir?) Não foi surpresa nenhuma quando adormeci comendo meu cereal matinal. Meu rosto mergulhou na tigela com um *splash*!

— Não me espanta você estar parecendo um zumbi — riu Nadine, entregando-me um guardanapo para limpar o rosto.

— Não acredito que eles fizeram uma garota de 16 anos gravar à meia-noite! — exclamou ela, meneando a cabeça. — Isso é horrível. Eles não poderiam ter gravado a cena do acidente de carro assim que anoitecesse?

— Eles tiveram de fechar a estrada — respondi enquanto tirava cereal do meu cabelo.

— Avisei sua mãe que deveríamos verificar nas leis de trabalho infantil se eles podem fazê-la trabalhar até tão tarde, mas ela não quer que eu cause confusão — comentou Nadine secamente. — Você sabe como sua mãe só se preocupa com os seus interesses.

Eu estava feliz por minha mãe não ter presenciado o incidente com o cereal matinal. Ela morreria se soubesse que eu estava comendo um cereal de alto valor calórico.

— Falando em meus interesses, preciso da ajuda de vocês para uma coisa.

Comecei de forma cautelosa, contando sobre o meu plano e aguardando ansiosamente a reação deles.

— Então? — terminei. — Vocês vão me ajudar?

Acho que essa foi a primeira vez que vi Nadine sem saber o que dizer.

— Por que você ia querer ser outra pessoa? — pergunta ela, batendo com a caneta sobre sua pasta gigantesca com informações a meu respeito, a sua bíblia, e com uma expressão bastante preocupada no rosto. — Não consigo entendê-la. Você não acha que seu cérebro já tem trabalho suficiente tendo Kaitlin e Sam aí dentro?

— Sou uma atriz — declaro eu. — E sou muito boa em fingir ser outra pessoa.

— É bom você estar bem preparada para representar o papel da sua vida, porque se isso ventilar para a imprensa você terá de abandonar o palco imediatamente. — As orelhas de Nadine estavam vermelhas de preocupação. — Tenho certeza de que Laney já deve ter dito que deixar tudo de lado e ir para o colégio não é a decisão mais inteligente a tomar. Seus fãs vão achar que você se cansou de Hollywood e que não quer mais trabalhar, e *não* que você está apenas de férias.

— Achei que você, entre todas as pessoas, ficaria feliz por me ver fazendo isso — respondo de forma inocente. — Você vive dizendo que eu preciso de um tempo.

— É verdade. Mas nunca pensei que você me levaria a sério. Sua mãe vai me *matar* quando ouvir essa história. — Nadine começa a roer as unhas que já estavam totalmente roídas. — Rodney, ajude-me aqui.

Rodney não dissera nada, mas, pensando bem, ele é um homem de poucas palavras.

— Acho que seria bom para Kates ter uma vida normal — responde ele por fim.

— Rodney, eu amo você!

Jogo meus braços em torno do pescoço largo dele.

— Cuidado, estou dirigindo! — Ele estava segurando o volante com uma das mãos e um sanduíche de ovo na outra. — Mas eu não disse que você vai conseguir.

— Se vocês me ajudarem, é claro que vou.

Olho para Nadine implorando seu apoio com os olhos e ela começa a roer as unhas de novo.

— Se eu participar desse plano, é necessário um grande trabalho de preparação — afirma Rodney, pensativo. — Precisarei verificar o terreno da escola, conhecer todas as saídas e estudar a situação com os *paparazzi*.

— Não haverá *paparazzi*. Serei uma aluna comum sem *nenhum* vínculo com Hollywood. Isso não parece ótimo?

Já imagino meu armário decorado com fotos de Chad Michael Murray.

— Você enlouqueceu — declara Nadine de forma solene. — Mas, pelo menos, você está se impondo sobre seus pais e tomando suas próprias decisões.

— Ainda não contei a eles — murmuro. — Nem para Laney.

Nadine me olha como se não acreditasse.

— Puxa vida — assovia Rodney. — Gostaria de estar presente quando ela contar para a mãe.

Ele se vira para trás e olha para Nadine e ambos caem na gargalhada.

— Vamos lá, gente. Não será tão ruim assim.

Eles começam a rir ainda mais alto. Nadine chega a se recostar no banco e tenta respirar.

— Estou... sem ar... — afirma ela.

Rodney ainda ri.

— Olha só, achei que vocês me ajudariam. Esse foi o motivo por que contei primeiro para vocês. Esperava que pudéssemos representar como seria a conversa.

Nadine para de rir e olha para mim, desconcertada.

— Você quer que Rodney e eu representemos seus pais?

Ela e Rodney caem na gargalhada de novo. Nadine está rindo tanto, que lágrimas saem dos seus olhos.

— Gente, estou falando sério — imploro. Às vezes acho que eu sou a responsável por aqui.

— Tudo bem — diz Nadine se acalmando. — Vamos tentar. — Ela se senta reta e franze os lábios. — Kaitlin, querida, gostaria que você usasse mais os cabelos soltos. Está *tão* na moda.

Olho para ela séria.

— Na verdade, *mamãe*, tenho algo sério para falar com você e com papai.

— Sim, Kates? O que é? — diz Rodney em um tom de voz mais alto que acho que ele está usando para parecer meu pai.

Ele ri e dá outra mordida no sanduíche que está comendo como café da manhã.

— Estou de férias nas gravações de *Family Affair* e minha agenda já está lotada — digo constrangida. — Não quero desmarcar meus compromissos com a imprensa, mas...

— Que bom, querida, porque é isso que esperamos que faça! — corta-me Nadine. — Trabalhar, trabalhar e trabalhar. Foi isso que Reese e Renée fizeram quando tinham a sua idade! Você nunca será uma grande estrela se não trabalhar muito.

Nadine parecia estar gostando de representar esse papel.

— Tudo bem, *mamãe*. Mas eu realmente preciso de algo que me deixe respirar um pouco, sabe? Queria ter um tempo para sair de cena. Estava conversando com Liz e ela me contou que a escola dela é maravilhosa e pensei que seria uma grande ideia se eu pudesse tentar algo diferente e estudar ao mesmo tempo.

— Estudar? ESTUDAR? — grita Rodney. — Por que diabos você quer estudar? Atores e atrizes não precisam ir ao colégio.

Nadine arregala os olhos.

— Estudar.... estudar é para... bem, para pessoas *comuns*. Somos *famosos*, Kaitlin. Você não precisa se esforçar nisso.

Rodney ri. Assim como Nadine. Eu ergo as mãos.

— Esqueçam isso — digo chateada por estar rindo também. — Vocês estão gostando muito disso e eu estou dando asas.

Uma hora depois (houve outro acidente na 101 envolvendo um Porsche e um Lamborghini), chegamos ao estúdio. Nadine e eu corremos para o camarim de maquiagem e cabelo para encontrarmos Sky sentada na cadeira ao lado da minha.

— Aí está você, K. — diz ela me olhando pelo espelho. — Achei que você fosse acabar com as filmagens e atrasar tudo. Já cheguei há meia hora.

Raphael lança um olhar de culpa em minha direção enquanto arruma os cachos de Sky.

— Você me conhece, Skylar — respondo friamente, enquanto sento na cadeira de Paul. — Estou sempre causando problemas.

Pisco o olho para ela e Sky franze os lábios.

— Vejam bem, meninas — diz Raphael, nervoso (ele é o mais novo cabeleireiro de Sky, pois praticamente toda semana ela dispensa um). — É cedo demais para começar uma discussão.

— Não me lembro de ter pedido sua opinião, Raphael — responde Sky.

Paul dá um assovio e segura o riso. Sky não admitiria isso, mas acho que até mesmo ela está cansada demais para ter uma discussão essa manhã. Na meia hora que se seguiu, tudo o que eu ouvia era o som das ferramentas de trabalho de Paul e Raphael. Paul lavou meu cabelo na pia e agora estava fazendo uma escova antes de colocar os rolos. Ele precisa caprichar no penteado para a cena de hoje, que será o casamento escandaloso de Krystal. Sky e eu seremos damas de honra.

Ouvimos uma batida na porta e o produtor executivo do programa, Tom Pullman, entra.

— Bom-dia, meus amores! — Tom está sempre animado, mesmo depois de apenas três horas de sono. Ele parece um *hobbit* bem alimentado com sua estrutura de um metro e meio e cabeça raspada. — Estamos aprontando a cena do casamento enquanto falamos. — O *walkie-talkie* na cintura de Tom está emitindo ordens. — STEVE, estaremos aí em dois minutos! — grita ele em seus jeans Diesel. — Meninas, hoje começaremos no átrio. Krystal dará presentes às damas de honra. De lá Sam fará com que Krystal conte sobre o bebê...

— Sam, Sam. É sempre Sam que tem as melhores falas — ouço Sky resmungar.

Tom deve ter ouvido também, porque parou de falar e puxou os óculos de tartaruga para nos olhar.

— Agora, meninas, quero lembrá-las de que temos um visitante no set de filmagens hoje — diz ele de forma dura, ignorando o comentário de Sky. — Brian Bennet da *Celeb Insider* estará conosco para fazer uma reportagem sobre o final da temporada.

— Não me lembro de ter uma entrevista com esse cara aprovada pelo meu relações-públicas, Tom — avisa Sky de forma petulante.

— Sky, você fez a pré-entrevista ontem, lembra? — responde ele cansado, e Sky não fala nada. — Vamos tentar levar as coisas numa boa, hoje, tudo bem? Nada de discórdia no set ou esse tipo de baboseira. — O *walkie-talkie* de Tom começa a gritar novamente. — Vejo vocês daqui a pouco — diz ele, enquanto deixa o camarim.

A entrevista de hoje com Brian Bennett é fácil. Ele virá ao set para conversar conosco sobre o final da temporada, nossos personagens e o que gostamos de fazer entre as cenas. Trata-se, basicamente, da mesma entrevista que Sky e eu tivemos de dar a dezenas de programas de entretenimento, programas diurnos e jornais nas últimas semanas a fim de promover o final da temporada. As perguntas são sempre as mesmas:

— Então, Kaitlin, você pode nos dar uma dica de quem é o pai do bebê de sua tia Krystal?

E é fácil demais memorizar as respostas:

— Não posso contar isso a você — respondo alegremente. — Essa é uma surpresa à qual nossos telespectadores querem assistir.

Quando você aparece em um programa de entrevistas, porém, as regras são diferentes. Como a entrevista é mais longa, você acaba falando sobre outras coisas e não apenas dos projetos em que está trabalhando. Este é o SEGREDO NÚMERO CINCO DE HOLLYWOOD: quando estrelas e astros participam de programas de entrevistas, eles já conhecem as perguntas. Como você acha que Jay Leno ou Ellen Degeneres sabem que uma estrela nadou com tubarões ou que voltou de uma viagem ao mar Báltico? Ou como eles têm uma foto sua quando era bebê pronta para mostrar à audiência? Porque a estrela ou o seu relações-públicas fazem uma pré-entrevista com os produtores do programa para discutir possíveis assuntos. Gosto de fazer minhas pré-entrevistas, mas o relações-públicas de Sky é quem faz as dela.

Depois que Sky e eu terminamos com o figurino, entramos no set usando nossos vestidos de dama de honra da Violet Wade (Violet é uma grande fã de *Family Affair*). São vestidos tomara que caia de um lindo tom de madrepérola com faixa marrom combinando. Eu usaria esse vestido no meu baile de formatura. Isto é, se eu tivesse um.

Sky e eu tomamos nossas posições ao lado de Maggie, que representa tia Krystal, no estúdio iluminado e quente. Estamos na parte feita para parecer um jardim luxuriante e o átrio da propriedade de Blake e Paige Stevens. Este set é permanente no estúdio de *Family Affair* (assim como o são a cozinha ultramoderna da família, o quarto bagunçado de Sam e Sara e a sala de estar dos Stevens), já que tanta coisa acontece ali: tórridos casos de amor, rompimentos e encontros secretos. Fora do perímetro de filmagem, a equipe técnica está posicionada em diversos ângulos para capturar a ação. Paul, Shelly e Raphael, junto com o maquiador de Maggie, esperam pacientemente para verificar se algum de nós precisará de retoques. Vejo Brian Bennett e sua equipe próximos também, filmando o "por trás das cenas" da filmagem. Depois de uma pequena passagem das falas, Tom grita "ação".

— Tia Krystal, você está se sentindo bem? Parece pálida — declaro alto como a minha inocente e sempre doce alter ego.

— Dá um tempo, Sam. Ela só está nervosa por causa do casamento — afirma Sky, tirando o chiclete verde da boca. — Certo, tia Krystal?

Maggie se afasta de nós e olha para a câmara que se encontra atrás dela. Ela está usando um vestido de noiva marfim da Violet Wade que é tão apertado que a faz parecer uma múmia. O cabelo louro de Maggie está preso em um coque baixo e um longo véu cobre seu rosto. Maggie olha para Sky e para mim com os olhos cheios de lágrimas, cobre o rosto com as mãos enluvadas e começa a soluçar de forma incontrolável. Sky e eu trocamos olhares e caminhamos até nossas marcas ao lado de Maggie e a abraçamos. Ficamos assim por trinta segundos, fingindo não saber o que fazer. Então, eu digo...

— Eu a vi hoje no banheiro, tia Krystal. Você estava vomitando.

— Meninas, não posso mentir para vocês — diz ela depois de uma pausa longa e dramática. Enxuga o rosto com um lenço cor-de-rosa que eu lhe empresto. — Estou grávida.

Sky e eu damos gritinhos de alegria e a abraçamos apertado.

Maggie se desvencilha de nós e senta-se em um banco branco de vime com feias almofadas turquesa. Ela baixa a cabeça com véu até tocar os joelhos e sussurra:

— Vocês não podem contar a Andrew.

— Por que não? — pergunto preocupada.

Sento-me a seu lado no banco, colocando cuidadosamente a mão no ombro de minha tia. Maggie começa a chorar novamente, chegando a soluçar alto. Ela levanta os olhos brilhantes e úmidos em nossa direção e afirma:

— Porque não sei se o bebê é dele.

Meu Deus, esse negócio de atuar é divertido.

— CORTA! — grita Tom, que entra no cenário. — Muito bom, meninas. Mas acho que vocês podem colocar mais emoção. Kaitlin e Sky, quero mais preocupação de ambas. Sua tia Krystal está prestes a se casar e parece péssima. Por quê? Reflitam sobre isso. — Tom tira os óculos do rosto e enxuga o suor da testa enrugada. — Maggie, as lágrimas estão ótimas, mas não exagere, OK? Use a linguagem corporal para demonstrar o sofrimento. Temos de guardar a histeria para coisas como o funeral de Mark. Tudo bem? Vamos tentar de novo!

Quando finalmente conseguimos acertar a cena uma hora mais tarde, depois de Sky ter reclamado que o cameraman à direita não estava pegando o seu melhor ângulo e de Maggie sugerir o ajuste do diálogo para prolongar os momentos de "drama emocional", conseguimos uma pausa de uma hora para conversar com Brian Bennett e almoçar. Sky e eu assumimos a melhor expressão de jogadoras de pôquer e nos encaminhamos até a cadeira do diretor para responder às perguntas.

— OK. Sei que estão usando vestidos de dama de honra — declara Brian naquele tom de voz excessivamente amigável de repórter. — Os rumores então são verdadeiros: Krystal vai se casar.

Sky e eu trocamos olhares, representando de forma perfeita o papel de conspiradoras.

— Será que devemos contar a ele, K.? — pergunta Sky com voz doce.

— Ah, tudo bem! — exclamo. — Você nos pegou. Na verdade, Sara e Sam estão se casando. Trata-se de um casamento duplo.

— Não podemos mentir, Brian — explica Sky com um sorriso. — Krystal vai se casar, mas se contarmos mais do que isso, podemos não sobreviver para gravar a próxima temporada!

Hum... Seria ótimo se mandassem Sara para alguma ilha exótica ou talvez para um reformatório.

— Vocês duas parecem se dar muito bem — afirma Brian, parecendo surpreso. — Creio que os rumores sobre possíveis brigas entre vocês sejam falsos.

— Claro que são — responde Sky, parecendo chocada. — Eu nunca acreditaria que K. pudesse sentir ciúmes do meu relacionamento com Trevor. Quer dizer, você não está enciumada, está? — pergunta ela, jogando os cabelos negros sobre os pequenos ombros. — Sei que já faz um tempo desde que você namorou alguém, então deve ser difícil nos ver juntos.

Brian faz um sinal para que seu cameraman se aproxime mais. Pisco rapidamente.

— Claro que não, Skylar — respondo calmamente. — Vocês dois formam um *belo* casal. Trev precisa de alguém astuto para ensiná-lo a nadar no meio dos tubarões que enchem essa cidade. — Lanço um olhar inocente para Billy. — Mas acho uma pena que esses rumores tenham saído de controle. Fico me perguntando quem poderia ter plantado na imprensa essas mentiras terríveis sobre mim e minha família.

Sky me interrompe.

— Odeio o que a imprensa está fazendo com K. Não consigo acreditar nas coisas horríveis que têm saído sobre ela. Não poderiam ser verdade! K. e eu somos como irmãs de verdade. Será duro para mim não poder vê-la todos os dias nesse verão, mas nós sempre conversamos por telefone — declara Sky, olhando-me de forma carinhosa.

Brian parece emocionado e eu acho que vou vomitar.

— Senhoritas, foi um prazer conversar com vocês — diz ele encerrando a entrevista e beijando a mão de Sky.

— O prazer foi meu, Brian — diz ela enquanto eu me encaminho para o camarim na frente dela. Até isso virou uma competição enquanto corremos pelo corredor. Chego no meu camarim primeiro e bato a porta. HÁ! Pego meu Sidekick dentro da minha bolsa Gucci nova e digito uma lista do que tenho de fazer.

24/2

OBSERVAÇÕES PARA MIM

Pedir a Nadine p/ pegar chá asiático. Seu efeito calmante deve ajudar a acalmar os nervos na estreia.

Marcar uma sessão de bronzeamento artificial para a manhã da estreia! (Faça-os jurar que ñ me deixarão laranja como Sky.)

Contar a papai, mamãe, Matt e Laney sobre meus planos para a escola. Nessa ordem.

CINCO *A estreia do filme Off-Key*

Off-Key foi o filme em que representei o meu primeiro papel de adulta e estou muito orgulhosa, principalmente porque é o primeiro filme que faço em que meu nome aparece nos créditos de abertura, antes do título. (Meu nome está acima do título nos pôsteres de divulgação, lugar reservado para a estrela. Totalmente demais, não?) Represento a filha de Mac Murdock e tremo só de pensar nele. Mesmo sendo bem mais velho e tendo, sei lá, oito filhos, Liz e eu o achamos supersexy — assim como o resto do mundo! Continuando: no filme, minha personagem, Katherine, é sequestrada por uma quadrilha russa que está atrás da gorda herança de Mac (ou, devo dizer, do personagem dele, chamado Bo). É óbvio que Bo consegue me salvar. Os membros da quadrilha não sabem que ele é mais do que um pianista famoso; ele também é lutador de jiu-jítsu altamente treinado.

Então, já que a estreia de *Off-Key* será um grande evento, você deve estar achando que eu tenho um lindo namorado para me acompanhar no tapete vermelho, certo?

Errado! Não sei quando terei tempo de encontrar um namorado. Minha convidada para me acompanhar será Lizzie. Ela é sempre pontual, me faz rir e não é obcecada por ser entrevistada pela mídia. Isso a torna mais interessante do que qualquer garoto que eu conheça (até hoje, é claro). Além disso, preciso de cem por cento do apoio de Liz quando revelar meus planos para o intervalo das filmagens de *Family Affair* aos meus pais e Laney na festa depois da estreia.

Só consigo pensar nisso enquanto estou sentada de frente para papai e mamãe na limusine preta que nos levará à estreia no Grauman's Chinese Theatre em West Hollywood.

— Vamos repassar o itinerário da noite — sugere alegremente Nadine para o grupo, que inclui Matt, Liz e Rodney. — Rodney e Liz sairão da limusine primeiro. Laney estará aguardando no começo do tapete vermelho para levar Kaitlin até a linha da imprensa. Já marcamos entrevistas para *Access Hollywood* e *Celeb Insider*.

Concordo com a cabeça enquanto passo a mão pelas pregas do meu vestido prateado estilo anos 1950. O vestido é bonito, mas o tecido dá coceira. Tento me virar e o som quebra o silêncio do interior do carro com vidros fumê.

— Não amarrote seu vestido, Kate-Kate! — avisa mamãe, sentada sem se mover no seu vestido magenta decotado de alças. — Roupa amarrotada fica horrível nas fotografias.

— Nadine? — interrompe Matt. Seu corpo alto e magro quase encostando no teto. — E quanto ao resto de nós? Não passaremos pela imprensa também?

Matt estava bastante ansioso com a questão de passar pelo tapete vermelho. Ele trocou de roupa três vezes antes de optar por um terno azul-marinho de três botões da Dolce & Gabbana com uma camisa com colarinho prata que ele jura que Orlando Bloom usou na cerimônia do Globo de Ouro.

Nadine suspira.

— Posso terminar?

Todos concordamos e ela abre a sua bíblia e começa a recitar os detalhes importantes da noite:

1. Sentaremos na fila E, assentos 1, 3, 7, 9, 11, 13 e 15. Laney está com nossas entradas.
2. Brad Pitt, Ali Kensington, Adam Brody (uau!) e Mac Murdock são esperados também.
3. A festa após a estreia será em um hangar vazio no aeroporto de Los Angeles, que eles decoraram para parecer com uma cena do filme (a que Mac me encontra na carga de um avião pronto para partir para as Ilhas Gregas).

Quando paramos na entrada do Grauman com sua arquitetura asiática e estátuas coloridas de dragões, a multidão atrás das cordas de veludo começa a gritar. Quando uma limusine se aproxima eles têm 95% de certeza que uma celebridade está chegando.

Rodney sai primeiro e abre a porta para mim. Seguro a mão que ele oferece e saio do carro com meu vestido prata e saltos de sete centímetros. Os flashes começam imediatamente a pipocar, cegando-me. Deus, se o Senhor estiver me ouvindo, permita que eu consiga atravessar sem cair. Estico-me para tentar ver algo. Laney se aproxima e pega minha outra mão. Ela está usando um terninho preto e fones de ouvido.

— ELA ESTÁ AQUI! Avise para todo mundo — ordena ela.

Laney me acompanha até o tapete vermelho. A primeira parada é no corredor de fotógrafos, apinhado com *paparazzi*. Respiro fundo, abro meus olhos verdes (dizem que eles são o meu ponto forte) e começo a posar.

— Kaitlin, olhe para cá — grita um fotógrafo.

— Dê um sorriso para nós — berra outro.

— Ei, Kaitlin, onde está Trevor? — provoca alguém, tentando chamar minha atenção.

SEGREDO NÚMERO SEIS DE HOLLYWOOD: Como posar para fotógrafos. Você quer uma pose linda na *US Weekly*, certo? Então você deve girar o seu tronco para o lado, de modo que fique no ângulo certo. Isso fará com que pareça esguia. Depois, coloque um pé na frente do outro. Incline a cabeça um pouco para trás e exiba um ligeiro ar de riso no rosto. É difícil manter esse tipo de sorriso por mais de dez segundos, mas se você treinar bastante acaba ficando mais fácil.

— Tudo bem, rapazes. Obrigada! — diz Laney acenando com as mãos e me puxando feliz.

Laney adora as noites de estreia. Os fotógrafos e colunistas de fofoca a procuram implorando por um minuto com seus clientes.

— Kaitlin, este é Mark da *Access*.

Laney para no primeiro entre os muitos repórteres que estão aguardando na outra extremidade do tapete vermelho.

— Você está muito bonita esta noite, Kaitlin — afirma o cara com smoking com uma faixa cinza enquanto segura o microfone. — Quem é o estilista?

— Obrigada, Mark. Estou usando So Chic. Eles criaram esse modelo especialmente para mim e estou me sentindo muito especial — respondo, animada, exibindo meu sorriso de 100 watts que aperfeiçoei ao longo dos anos.

— Como foi a experiência de trabalhar com Mac? — pergunta ele demonstrando um interesse genuíno.

— Mac é incrível — respondo de forma automática (Laney passou e repassou esse tipo de pergunta e resposta comigo durante toda a semana). — Aprendi muito observando como ele trabalha. Ele é muito experiente.

— Os índices de audiência de *Family Affair* estão mais altos do que nunca, com sua ajuda, é claro — continua Mark. — As pessoas parecem nunca se cansar de Samantha.

— Nossa! Obrigada. É um trabalho em equipe, porém. Todos estamos muito bem juntos, mas isso é resultado dos anos que trabalhamos juntos como família.

— Trinta segundos — sussurra Laney para o cameraman de Mark.

— Falando de família, como está a relação entre você e Sky?

Laney faz uma careta e pega meu braço para me levar embora, mas enquanto ela o faz, inclino a cabeça e respondo com um sorriso:

— Fabulosa como sempre, Mark.

A próxima parada é para falar com uma garota sardenta de 20 e poucos anos que está com marcas de suor no vestido tomara que caia verde de seda. Ela parece nervosa e deixa cair sua caderneta de anotações quando me aproximo. Laney me informa o nome dela.

— Olá, Frances — cumprimento com a mão estendida de forma graciosa.

Frances é a nova jornalista de fofocas da *Hollywood Online*.

— Mui... Muito... pra... prazer, Kaitlin — gagueja Frances, encarando-me enquanto pega o gravador no bolso. — Sou uma grande fã de *Family Affair*.

— É bom saber. Obrigada por nos assistir.

Pobre Frances. Gostaria de poder dizer-lhe para não ficar tão nervosa. Eu sou apenas uma pessoa fazendo um trabalho, assim como ela. Mas não quero deixá-la constrangida. Além disso, muitas pessoas reagem dessa forma. É tão comum que quase nem chego a notar.

— Gostaria de saber se as filmagens foram tão divertidas como ano passado. — Percebo que Frances olha constrangida para Laney. — Foram publicados muitos rumores na imprensa sobre desentendimentos entre você e Sky. Você gostaria de comentar?

— A noite de hoje é sobre *Off-Key*, lembra-se? — interveio Laney, nervosa. Frances parece prestes a desmaiar. — Conversamos ao telefone hoje que se as perguntas fossem sobre Sky não haveria entrevista.

Laney pode ser assustadora quando quer, mesmo tendo a aparência de uma adolescente. (Não consigo imaginar a idade de Laney e ela se recusa a revelar-me isso.) Com sua imagem de adolescente, Laney usa as mesmas marcas que eu, acompanhadas por bolsas maravilhosas. ("Kaitlin, você não quer aquela bolsa que a Birkin enviou, quer? Porque a cor dela combina perfeitamente com o meu Audi.")

— Eu, hã, avisei aos meus editores que faria essa pergunta — respondeu Frances de forma mecânica. A cor sumira do rosto dela, enquanto Laney continuava a encará-la de forma ameaçadora.

— Sky e eu representamos irmãs e como todas as irmãs, às vezes, discordamos em algumas coisas. Mas nada tão drástico quanto tem saído na imprensa — declarei, torcendo para não parecer uma resposta ensaiada demais. Laney começa a me afastar da repórter. — Espero que goste do filme, Frances!

Por que lutar contra isso? Era o que as pessoas queriam saber e não o que acho de Mac Murdock. É uma pena que meu relacionamento com Sky seja tão diferente do que se vê na televisão. Em *Family Affair*, nossas personagens sempre se apoiam. Gravamos um episódio há algumas semanas no qual Sara compra um par de botas de camurça marfim de Manolo Blahnik no cartão de crédito do pai e ele fica furioso. Sam diz que as botas são dela, sacrificando seu fim de semana para que a irmã possa sair com o novo e lindo paquera, tipo James Dean, pelo qual já estava interessada há um tempão.

Na vida real, Sky compraria as botas no meu cartão de crédito, ligaria para os tabloides e diria que eu as roubei dela (mesmo sabendo que nunca conseguiria colocar os meus pés nos seus sapatos minúsculos tamanho 35).

Depois de mais algumas fotos, Rodney, Laney e eu entramos no cinema e seguimos para os nossos lugares. A estreia de *Guerra nas estrelas* foi aqui. Talvez eu sente no mesmo lugar que Harrison Ford ocupou na época. Só de pensar, fico toda arrepiada!

Enquanto Laney, Rodney e eu passamos pelos murais asiáticos que decoram o saguão com colunas douradas, vejo Trevor Wainright, outro astro de *Family Affair*, comendo pipoca.

— Oi, linda — diz ele me abraçando.

Agora você deve estar pensando que os tabloides podem estar certos. Eu gosto de Trevor. Sim, é verdade, mas apenas como amigo. Trevor é calmo demais para o meu gosto. Prefiro alguém mais engraçado e dinâmico como... é... como Han Solo.

Family Affair é o primeiro trabalho de Trevor. Quando ele chegou a Hollywood há um ano, fresquinho, em um ônibus vindo de Idaho, onde deixara a família em uma fazenda de batatas, foi imediatamente abordado por um agente. Trevor ainda precisa de ajuda com o modo de se vestir (hoje ele está usando jeans surrados e camisa listrada), mas sua aparência condiz totalmente com a de um garoto californiano: alto, louro, olhos azuis e músculos sarados.

— Fico feliz que tenha vindo, Trev — sorrio de forma sincera enquanto passo a mão pelas costas dele.

— Você deve estar brincando, Kaitlin — diz enquanto enfia mais pipoca na boca. — Você acha que eu deixaria passar a oportunidade de comer de graça?

— Não me diga — respondo sem expressão.

Laney vira os olhos e se afasta. Ela não gosta muito de Trevor, já que tentou tê-lo como cliente, e ele recusou por não ver motivo para um relações-públicas. Acho que ele não faz ideia do que um relações-públicas faz. Ao ver Trevor com um pacote de pipoca, Rodney se encaminha para a fila para conseguir algo para si.

— Sério — continua Trevor quando Rodney se afasta —, eles estão distribuindo bombons e balas de ursinho, que custam quatro dólares o pacote.

Eu ainda estava rindo quando noto uma mão com unhas pintadas de vermelho passarem pela cintura de Trevor.

— Estava procurando você, querido — afirma Sky depois de dar um longo beijo no rosto surpreso de Trevor. Sky está com um vestido tomara que caia de cetim preto. — Pedi que me esperasse na porta do toalete.

O que *ela* está fazendo aqui?

Antes que eu possa dizer qualquer coisa, Liz me pega pelos ombros.

— Adam Brody está sentado duas filas atrás de nós — diz ela e olha para o meu rosto sem expressão e se vira para ver por que pareço tão pálida. — Ah! Oi, Sky! — cumprimenta friamente, enquanto alisa um vinco no seu vestido de linho branco. Liz usa como acessório um xale amarelo e roxo da Pucci que só ela poderia usar. — Quem convidou você?

— É claro que foi o Trev — responde Sky virando as costas ossudas e nuas para nós, enquanto dá mais um beijo no rosto vermelho de Trevor. Coitado do cara. Dê mais duas semanas a Sky e ela já terá mudado de namorado, como sempre faz. — Quando Trevor me disse que viria à estreia de K., eu perguntei quem seria sua acompanhante — contou ela dando um sorriso que já era sua marca registrada. — Quando ele disse que não tinha uma, disse a ele que jamais deixaria que ele passasse pelo tapete vermelho sozinho. Todo mundo sabe que isso é suicídio! — Ela agora está olhando diretamente para mim. — Falando de acompanhantes, quem veio com você, K.?

— Eu vim — afirma Liz, dando um passo para a frente.

Estou completamente sem fala. De repente não sei o que dizer. Não consigo juntar duas palavras. Não consigo acreditar que Sky invadiu a minha estreia! Na verdade é a estreia do filme de Mac, mas eu também faço parte dele.

— Imaginei que estaria aqui, Liz — provoca Sky, pegando o pacote de pipoca cheia de manteiga da mão de Trevor. — Você está sempre com Kaitlin. Estou surpresa de o *Star* não ter feito uma matéria sobre isso ainda. As pessoas devem se perguntar por que vocês estão sempre juntas. — Sky enche a mão de pipoca gordurosa. — Quer um pouco, K.? Ela aproxima a mão do meu rosto. Afasto sua mão mas ela larga o conteúdo bem na frente do meu vestido. — Oooops! — exclama ela, debochada e fingindo estar horrorizada.

Queria jogar algo nela ou gritar que Sky estava sendo infantil, mas antes que eu tenha a chance de ter um ataque, Trevor retira um pacote de lenços umedecidos do bolso.

— Aqui — oferece ele. — Sempre carrego isso comigo para emergências.

Tiro as pipocas e, com cuidado, dou umas pancadinhas no vestido. Graças a Deus parece que não manchou.

— Trev, você salvou minha vida. — Dou um suspiro de alívio e lanço um olhar para Sky. — Onde está Rodney quando preciso dele?

— Engraçado como isso aconteceu, você não acha, Kates? — comenta Liz se aproximando de Sky com uma expressão de nojo no rosto. — Quando Sky está por perto sempre há problemas.

— Foi um acidente — afirma Trevor se colocando no meio das duas.

— Isso mesmo, docinho — concorda Sky com um sorriso inocente nos lábios e olhos arregalados. — Talvez devêssemos entrar e nos sentar antes que aconteça outro.

Sky vira-se com Trev e coloca uma das mãos cheias de joias dentro do bolso de trás da calça dele e o afasta de nós.

— Você acredita nisso? — sussurro, incrédula, no ouvido de Liz.

Verifico novamente se está tudo bem com o vestido. Devo lembrar Nadine de comprar esses lenços.

— Kaitlin, o filme vai começar — avisa Laney, voltando de repente. Ela olha para o meu rosto ainda chocado. — O que aconteceu?

— Você perdeu os fogos de artifício — responde Liz secamente. Rapidamente, ela conta o episódio da pipoca, enquanto Rodney se aproxima com vários lanches e nos ajuda a encontrar nossos lugares no grande auditório.

— Ela deixa os meus nervos à flor da pele — fervilha Laney enquanto passamos por lindos vasos e estátuas asiáticos que decoram o teatro de 2 mil lugares. Mesmo com as luzes mais fracas, reconheço muitos rostos da indústria sentados próximos. Atrás de mim, ouço um fã gritar:

— OI, KAITLIN!

— Olhem, a boa Samantha — outra pessoa grita.

— Como ela teve coragem de aparecer na sua estreia? — pergunta Laney com raiva e cuspindo as palavras. — Ela é inacreditável.

— Dei dois ingressos a Trevor — explico humildemente, tentando encerrar o assunto e sento-me perto de Liz. Mamãe, papai e Matt já estavam sentados e ocupados em cumprimentar as pessoas à nossa volta.

— Trevor é débil mental? — pergunta Laney, meneando a cabeça. — Esqueça isso, divirta-se. Vou encontrar Barry Weinbert e dizer-lhe que não queremos encontrar Sky na festa depois da exibição.

— Não quero causar uma cena — protesto eu. — Só a quero longe de mim.

— Vou me certificar disso — promete Liz, que odeia Sky. Os pais delas são sócios do mesmo escritório de advocacia e Liz diz que o pai de Sky sempre tenta roubar os clientes do Sr. Mendes.

As luzes do teatro piscam indicando que o filme vai começar.

— Fique calma — diz Laney, se afastando para sentar-se.

— Estamos muito orgulhosos de você, querida — afirma meu pai quando os créditos de abertura são exibidos na tela. O nome de Mac aparece e todos aplaudem. Meu nome vem em seguida e nossa fileira vibra junto com o restante do auditório. É uma sensação maravilhosa.

— Kates, você viu quem está sentado a nossa frente? — parece que minha mãe vai ter um treco. — Hamilton Weinberg. Trata-se do chefão de uma nova empresa independente, a Famous Films. Todos querem trabalhar com ele, incluindo eu. — Vá se apresentar a ele depois do filme.

Dou um sorriso fraco. Esta será uma longa noite.

SEIS *A festa após a estreia*

Não tenho certeza se devo rir ou chorar.

Quando os créditos finais de *Off-Key* começam a passar, 136 minutos depois dos créditos de abertura, e a comitiva de Mac Murdock e a minha são acompanhadas até a saída do teatro enquanto ouvíamos a ovação do público, começo a hiperventilar. Não foi porque eu podia ouvir as risadinhas de Sky durante toda a apresentação (ela estava sentada algumas filas atrás de mim) ou porque passei horas assistindo a mim mesma na tela do cinema. O verdadeiro motivo por trás disso foi o fato de eu não conseguir parar de pensar no que viria depois essa noite: a grande conversa sobre o intervalo das filmagens de *Family Affair*.

— Respire fundo — orienta-me Liz com a mão no meu ombro enquanto entramos na festa.

Respiro devagar. Tudo bem. *Acho* que estou pronta para fazer isso...

Menti. Minha vontade é de vomitar.

Bem, pelo menos, passarei mal em um lugar fabuloso. O hangar LAX, onde acontece a festa de estreia do filme, está todo iluminado com velas brancas e altas feitas com cera de abelha, e a pista de danças cercada por palmeiras falsas está lotada de gente dançando ao som de uma mixagem de uma música de Kanye West feita pelo DJ-AM. Os garçons usam uniformes militares russos, iguais ao que Mac roubara para se esgueirar na base onde Katherine era mantida prisioneira. Em uma área separada, há um piano bar, onde os músicos estão tocando as mesmas músicas que Bo e Katherine cantaram durante a cena passada no loft em que moravam no Brooklyn.

Liz e eu fomos acompanhadas até uma mesa reservada e, em seguida, servidas com "Macho Mac Margaritas" sem álcool. (Os organizadores da festa acham interessante inventarem drinques e nomeá-los em homenagem às estrelas do filme. Hoje à noite, estão servindo também "Kaitlin Kola", que é uma Coca-Cola com sabor de cereja, framboesa e baunilha. Uma bebida bem gostosa.)

Nadine senta-se perto de mim.

— Tudo bem. Acabei de ver seus pais e Matt conversando com Sandra Bullock — sussurra ela, olhando o ambiente.

— Eles devem chegar a qualquer momento. Isto é, a não ser que Matt implore a ela para estrelar *Miss Simpatia 3* tendo ele como astro.

Respiro fundo.

— Sei que posso fazer isso — reafirmo para Nadine e Liz. — Qual a pior coisa que pode acontecer?

Uma risada aguda explode em meus ouvidos e nós três nos viramos para ver de onde o som vem e vemos Sky e Trevor dando entrevistas para a *Celeb Insider*.

— Hã, acho que seria Sky ouvir o seu plano e o divulgar para a imprensa para acabar com sua carreira — responde Nadine de forma brilhante.

Liz dá uma cotovelada nela.

— Isso *não* vai acontecer — afirma ela para nós duas.

— Claro que não — reafirmo. Tiro o limão da minha Macho Mac Magarita. — Sky já conseguiu a história que contará aos tabloides sobre a noite de hoje. — Liz e Nadine parecem confusas. — Ai, gente, vocês já esqueceram? Vocês não viram quando eu deixei a minha pipoca gordurosa cair sobre o lindo vestido dela no saguão do cinema? Graças a Deus Trev estava lá para salvá-la dos grãos nojentos.

Liz começa a rir.

— Fico feliz de ver que acha isso engraçado. — Nadine meneia a cabeça e para de repente, sentando-se ereta na cadeira. — Unidade de pais se aproximando — informa ela.

Olho e vejo meus pais e Matt se encaminhando para a mesa.

— Acabamos de ter uma conversa muito agradável com Sandra Bullock — anuncia mamãe enquanto senta-se. — Ela é uma grande fã de *Family Affair*. Ela disse que odeia as noites de domingo no verão porque só há reprises de *Family Affair*. Sandy acha que deveria haver um novo episódio para cada domingo do ano.

— Talvez *assim* Kaitlin conseguisse um papel para mim — resmunga Matt, baixinho.

— Um para cada domingo do ano? — repete Nadine. — Quando Kates teria tempo para descansar?

Ela pisa no meu pé um pouco forte demais, considerando que estava usando sapatos brancos de saltos altíssimos. Eis o meu séquito.

— Tempo para descansar é para quem não tem uma carreira decolando — afirma Laney, chegando por trás de uma palmeira falsa. — Adivinhem com quem eu estava falando agora? — Olhamos para ela confusos. — Com o agente de Hutch Adams — declara ela de forma estridente.

Hutch Adams. Ele é meu diretor favorito (isso tirando George Lucas, é claro). Todas as grandes estrelas querem trabalhar com ele, que faz de tudo, desde dramas inteligentes, conhecidos pelos diálogos espirituosos, até filmes de ficção científica repletos de ação, ciborgues e alienígenas. E todos feitos como devem ser. Meus preferidos são *Ver é acreditar* e *Caia no rock*. (Eu o perdoei por ter feito *Estacas parte dois*.)

Mamãe dá um gritinho.

— O que ele disse?

— Estávamos conversando sobre o chef de cuisine Nobu — começa Laney. — Contei a ele que estive lá outro dia com Sarah Jessica, que levara o filho, James Wilkie, e, por isso, escolhemos um lugar calmo para almoçar aquela maravilhosa mistura de pratos japoneses tradicionais com ingredientes da culinária peruana e argentina. O ambiente do restaurante Asiade Cuba é barulhento *demais*. De qualquer forma, Keith disse que estava lá com Hutch e que ele foi oficialmente escolhido para dirigir um filme de ficção científica para o Wagman Brothers Studio. Vocês estão prontos para a melhor parte? — pergunta Laney batendo com os dedos na mesa. — O filme será filmado durante o intervalo das filmagens de *Family Affair* e eles precisam de uma adolescente para o papel principal! É *claro* que Kaitlin fará um teste.

— Ai, meu Deus! — suspiro eu. Minha cabeça começa a girar. Sempre quis trabalhar com Hutch, mas logo agora, durante o intervalo das filmagens? Não. Não posso fazer o teste... *Preciso* de um tempo... Ai, meu Deus! Estou tão confusa. Nossa conversa não deveria ser assim.

— O filme é sobre o quê? — pergunta papai, curioso. — Eles precisam de um produtor? — Papai coça a cabeça.

— O filme acontece em um futuro distante — explica Laney sem ar, ignorando a segunda pergunta de papai. — E é sobre dois jovens que, de repente, descobrem que fazem parte de um experimento do governo. Eles estão sendo criados para formar uma raça super-humana!

— Eles já escolheram quem fará o papel do rapaz, Laney? — interrompe Matt. — *Adoro* ficção científica.

Todos começam a falar ao mesmo tempo.

— Quando começam as filmagens? — pergunto em voz baixa.

— Junho! — exclama Laney. — *Perfeito* para nós, já que seus compromissos com a imprensa já terão acabado.

— Um projeto de Hutch Adams seria perfeito para nós, Kaitie-Kat — afirma papai. — Precisamos de um veículo forte neste verão.

Humm... Eu ainda poderia ir para a Clark em março e abril e ter tempo livre para o trabalho de pré-produção em maio. Minha agenda ficaria livre se Hutch me quisesse... A quem

81

estou querendo enganar? Não tenho nem um teste ainda! Na verdade, Hutch Adams nem deve saber quem eu sou.

— Falando sobre os meus compromissos com a imprensa... — Limpo a garganta e agarro o assento da cadeira por baixo da mesa. — Gostaria de falar sobre essa agenda agitada.

— O que é que tem, Kate-kins? — Papai come uma casquinha de siri. — Laney organiza sua agenda e você a cumpre. Essa garota é uma máquina — diz papai, dando tapinhas nas minhas costas. — Quanto mais trabalho, melhor.

— Na verdade, Kaitlin estava me dizendo que anda muito cansada — diz Liz enquanto me cutuca.

— É mesmo? — pergunta mamãe, parecendo impaciente. — Não é hora de cansaço. Estamos falando de Hutch Adams. E isso é exatamente o que *nós* queríamos há muito tempo.

— Liz, isso é loucura — ri Laney. — Não é como se Kaitlin estivesse trabalhando 24 horas por dia, sete dias da semana. Ela faz parte do elenco principal de uma série. Pelo amor de Deus!

Todos riem. Até Matt, que não faz a mínima ideia do que é tão engraçado.

— Eu *trabalho* muito — tento dizer em voz alta, mas não o suficiente para que as pessoas sentadas por perto possam ouvir. — E continuarei fazendo isso. Mas preciso de algum tempo para mim. — Inclino-me para a frente. — E eu vou ter isso durante esse intervalo de filmagens.

O silêncio cai sobre a mesa e ouço a música do 50 Cent mixada ao fundo.

— Não deveríamos estar falando sobre isso em público — reclama papai, afrouxando a gravata Armani azul. — A concorrência pode nos ouvir.

— Ninguém pode ouvir nada quando 50 Cent está tocando, papai — afirmo. — Esse é o momento perfeito para esta conversa.

— Querida, você só está cansada — diz mamãe. — Não é necessária nenhuma mudança nos planos para o intervalo das filmagens. Nós lhe daremos uma semana sem compromissos antes que comece o trabalho com a imprensa. É tempo suficiente!

— Não é, mamãe. — Olho-a diretamente nos olhos. Faço uma pausa e olho para papai e para Laney. — Preciso de tempo para fazer o que *eu* quero durante essas férias; caso contrário, terei uma estafa.

— Você não está estafada — interrompe Laney. — Está?

Será que vislumbrei uma expressão de dúvida cruzar o rosto bronzeado?

— Eu ficarei se vocês continuarem fazendo isso comigo. — Estou surpresa com o tom confiante da minha voz. Olho para Nadine que acena com a cabeça em sinal de aprovação. — Vocês não podem decidir tudo por mim. Estamos falando da minha carreira e eu acho que a melhor coisa no momento, com todo esse lixo nos tabloides sobre Sky e eu, é um sinal de que precisamos de tempo.

— Isso é sinônimo de aposentadoria! — exclama mamãe, levando a mão ao peito. — Você não está pensando em desistir de tudo, está? Porque você tem um contrato de três anos com *Family Affair* e não pode rompê-lo. Você simplesmente não pode, Kaitlin!

Matt revira os olhos e pega um guardanapo para abaná-la.

Eu queria lembrar mamãe sobre o segredo número sete de Hollywood, mas achei melhor não. A palavra "aposentadoria" não existe nessa cidade. Estrelas podem sofrer de estafa ou estresse ou afirmar que querem passar o resto da vida bebendo margaritas em St. Vincent, mas todos têm planos para retornar aos holofotes da fama se quiserem. Pense em John Travolta. Depois de uma trilogia de filmes de bebês que falam, o cara fez *Pulp fiction* por uma ninharia e reacendeu sua carreira. Mas eu não estou preocupada com a minha carreira. Dois meses de folga não vão acabar com ela.

— Não estou me aposentando — digo com voz firme. — Só estou falando de dois meses para... — Laney se engasga com seu uísque, servido puro, e tosse de forma explosiva. — Para ir para a escola — digo por fim.

Todos ficam em silêncio. Ouço o som de copos quando o garçom se aproxima com uma bandeja de Kaitlin Kolas. Mamãe pega o braço do oficial do exército russo.

— Quero um martíni. Na verdade, é melhor trazer dois.

Papai pisca.

— Escola? Mas... Mas você já estuda. Você tem uma tutora.

— Não, papai. Eu quero ir para uma escola *de verdade*. Com salas de aula e outros alunos. Não quero aulas com Monique e eu no camarim falando sobre evolução. Quero a chance de ser uma adolescente comum. Quero ver como é ter aulas de dança e de ginástica.

— E o que você vai fazer? — provoca Matt. — Simplesmente vai entrar na escola e dizer: "Olá, sou Kaitlin Burke, gostaria de me matricular por alguns meses?" O canal *E!* estaria esperando por você do lado de fora no primeiro dia de aula.

Mamãe solta um gemido.

— Ele tem razão — diz papai um pouco alterado. — Você seria uma distração para os outros alunos, Kaitie-kins.

— Shhh! — diz Laney, olhando para os lados de forma suspeita.

— Já pensei nisso — afirmo, buscando a mão de Liz para me dar força. — E esse é o motivo por que não me matricularei com o meu nome verdadeiro.

— Não seja boba, Kaitlin — diz mamãe meneando a cabeça, dando movimento às longas madeixas platinadas. — Só porque você mudará o nome não significa que as pessoas não reconhecerão você.

Abro minha boca para responder e Laney me corta.

— Não diga isso! Nem pense nisso! — grita Laney, parecendo maluca. Ela pareceu se esquecer de onde nos encontrávamos. E Laney *nunca* se esquece quando estamos em uma festa exclusiva em Hollywood. — Se você está pensando o que eu *acho* que está pensando, pode esquecer. É suicídio!

Pela primeira vez na vida, simplesmente ignoro o que ela disse.

— Gente, eu irei para a escola usando um disfarce.

— O quê? O que ela está dizendo? — pergunta papai a Matt.

— Não entendi — murmura Matt e pega um minissanduíche de filé.

Mamãe olha desconfiada para Nadine e Liz.

— Vocês inventaram isso, não foi?

— Kaitlin, ouça bem o que vou dizer. — Laney lança um olhar nervoso em volta, pega minha mão e a segura, enquanto concentra seu olhar em mim. — Não consigo acreditar que estamos discutindo isso aqui... Olha, eu entendo que você é uma adolescente e que quer fazer as coisas que as adolescentes fazem de vez em quando. — Eu concordo com a cabeça.

— Mas esse não é o momento certo para desaparecer. Você tem de considerar os rumores que os tabloides estão espalhando sobre você e Sky, e eles estão de olho em todos os movimentos de vocês. Agora não é hora para brincadeiras! Se alguém conseguir a história de que você vai para o colégio sob um nome falso e usando um disfarce, eles vão achar que você está fazendo isso porque não está feliz com o seu trabalho. E, se as pessoas começarem a acreditar nisso, Kaitlin, você nunca mais conseguirá um papel!

— Laney, ninguém vai descobrir — digo olhando-a nos olhos, que estão arregalados de horror. — Eu não vou desaparecer. Só quero fazer o que tenho vontade para variar um pouco, e fazer algo diferente nesse intervalo. Prometo que comparecerei a todos os compromissos com a imprensa, que serei vista nos lugares e que farei tudo o que quiserem.

Laney levanta uma sobrancelha parecendo estar na dúvida.

— E como você espera conseguir isso?

Olho para Liz novamente e depois conto meu plano perfeito para todos. Falo tão rápido que eles quase nem me interrompem. Explico que só irei às aulas entre março e abril e, nesse meio-tempo, cumprirei meus compromissos com a imprensa, que serão marcados para depois das aulas. Explico que me matricularei no segundo ano na escola de Liz, o que significa que eu não estarei sozinha. Explico ainda como eu planejava continuar sendo vista pelo público e a ir a eventos selecionados. Papai fica um pouco preocupado sobre a questão de segurança, mas eu afirmo que Rodney me acompanhará até a escola e que depois me pegará lá. A principal preocupação de Laney é o disfarce em si, então eu lhe digo que ela terá a palavra final nesse quesito, o que parece acalmá-la um pouco.

— Quero que Paul e Shelly estejam nisso para supervisionar sua aparência — ordena ela. Ela passa as mãos pelos cabelos. — Não consigo acreditar que estou pensando nisso.

— Você tem de fazer isso — diz Liz. — Afinal, você trabalha para *ela*.

Chuto Liz por baixo da mesa. Laney franze os lábios. A mesa fica em silêncio por um minuto.

— Ficarei de olho em você, Kaitlin. Ficarei mais atenta do que uma águia — decreta Laney, por fim. — Lembre-se disso. Vou dar todo o apoio necessário para esse plano maluco, desde que você não conte a *ninguém* quem você é.

— Por que eu faria isso? — pergunto. — Liz é a única que saberá.

— Quem poderia adivinhar o motivo? — pergunta Laney, estreitando os olhos. — Você poderia conhecer um cara e querer contar a história de sua vida. Mas estou avisando: não faça isso.

— Não farei. Estarei ocupada demais para poder lidar com caras.

Tento segurar meu sorriso. Uma vez que Laney se rendeu, papai e Matt logo a seguiriam. Não consigo acreditar. *Eles estão me ouvindo!* Todos parecem mais calmos, exceto mamãe.

— Mãe? — chamo, pegando sua mão. — Diga alguma coisa.

Ela suspira e puxa a mão.

— Não consigo entender, Kaitlin. Não consigo mesmo. Fazemos tudo pela sua carreira e, agora, você... Nem sei o que está fazendo.

— Vamos manter os compromissos sociais — reafirmo. — Você pode falar com todos na cidade sobre as festas às quais preciso ir, OK?

Ela dá um longo gole no martíni.

— Acho que sei de todos os melhores eventos — murmura ela, quase que para si. Então ela diz, brincando com a azeitona no fundo do copo: — Tudo bem. Direi sim para essa brincadeira de ir para a escola com uma condição: que você faça o teste para o filme de Hutch Adams.

Mordo o lábio inferior.

— Nem sei se *conseguirei* um teste — começo a protestar.

— Deixe isso conosco — responde mamãe olhando para Laney e papai. — Mas se você conseguir um teste para o filme e conseguir o papel, terá de deixar a escola, entendeu?

Eu nunca recusaria uma oportunidade para trabalhar com Hutch Adams, mas a probabilidade de eu conseguir o papel era muito pequena. Ele provavelmente escolherá uma estrela de 20 e poucos anos que *parece* ter 16, em vez de contratar uma adolescente de verdade.

— Entendi — respondo, inclinando-me para dar um beijo no rosto dela. — Obrigada!

— Pelo menos ela não enlouqueceu de vez — resmunga Laney.

Mamãe oferece um copo de martíni para Laney, que o vira de uma vez só.

Não acredito. *Está acontecendo mesmo!* Viro-me para Liz.

— Quais são seus planos para amanhã? — pergunto em um sussurro.

— Não sei ainda. Amanhã é sábado — ela responde, sussurrando também. — Por quê?

— Vamos às compras — eu não conseguia parar de sorrir. — Preciso de um novo guarda-roupa para ir para a Clark Hall.

SETE *Central de transformação*

— Alô! — murmuro ao atender o meu telefone sem fio verde brilhante que estava enterrado sob o edredom.

— KAITLIN? VOCÊ JÁ ACORDOU? — grita Laney nos meus ouvidos.

Viro-me e olho para o meu despertador de *A vingaça dos Sith*. São 9h15 da manhã depois da estreia de *Off-Key*.

— Ah! Estou acordada agora.

— BOM, PORQUE EU ACABEI DE FALAR COM O PESSOAL DA ESCOLA.

— Laney, por que você está gritando?

— ESTOU PASSANDO POR UM TÚNEL E O SINAL ESTÁ FALHANDO.

— Ah. — bocejei. — Você falou com o pessoal da Clark Hall?

— SIM. SRA. PEARSON, A DIRETORA. SUA MÃE PEDIU QUE EU LIGASSE E EXPLICASSE A SITUAÇÃO. VOCÊ COMEÇA NA

SEGUNDA-FEIRA E... HEI! — ouvi a buzina do carro de Laney tocando feito louca. — HOJE NÃO É FERIADO! VAMOS ACELERAR!

— LANEY! — gritei para chamar sua atenção. — Você disse que começo semana que vem? — Comecei a sentir dor de estômago na hora. Não tenho nada pronto. Nenhum disfarce, nenhuma roupa, nenhuma história para contar. — Semana que vem?

— ISSO. SEMANA QUE VEM. NÃO TEMOS TEMPO A PERDER, KAITLIN. O FILME DE HUTCH COMEÇA A RODAR EM 15 DE JUNHO. VOCÊ JÁ RECEBEU O ROTEIRO DO SEU AGENTE?

— Você só me falou sobre isso ontem à noite.

— AH! CERTO. OUVI DIZER QUE É ÓTIMO.

— Tudo bem. — Agora meu coração estava disparado também. — Mas, Laney, o que você disse para a tal mulher? Qual o nome, mesmo?

— PEARSON. MULHER ESTRANHA. QUERIA SUA DOCUMENTAÇÃO E CONVERSAR COM SUA TUTORA, MAS FORA ISSO JÁ ESTÁ TUDO CERTO. ELA DISSE QUE VOCÊ PODE SE MATRICULAR COM NOME FALSO, CONSIDERANDO AS CIRCUNSTÂNCIAS. ALÉM DISSO, ELA ASSINARÁ UM CONTRATO DE CONFIDENCIALIDADE COMIGO. E ACREDITE EM MIM, ELA SE ARREPENDERÁ E MUITO SE QUEBRÁ-LO.

Claro que sim.

— Tudo bem.

— VÁ DIRETO À SALA DELA NA SEGUNDA-FEIRA DE MANHÃ. CHEGUE POR VOLTA DAS OITO. A ESCOLA ESTARÁ EM RECESSO DE PRIMAVERA DURANTE ESSA SEMANA, MAS EU DISSE QUE IRÍAMOS LIGAR PARA ELA PARA INFORMAR O NOME QUE VOCÊ

USARÁ — ouvi o pneu cantando no fundo. — OLHE POR ONDE ANDA! VOCÊ NÃO SABE QUE TEM DE SINALIZAR QUANDO VAI MUDAR DE PISTA?

— Obrigada, Laney.

— SIM, TUDO BEM. EU NÃO GOSTO DISSO E VOCÊ AINDA TERÁ DE PENSAR NOS COMPROMISSOS COM A IMPRENSA. AS GRAVAÇÕES PARA O *THE TONIGHT SHOW* NA PRÓXIMA QUARTA-FEIRA, A PROPÓSITO. NADINE ESTÁ PREPARANDO O RESTO DA SUA AGENDA ENQUANTO CONVERSAMOS PORQUE VOCÊ FICA-RÁ MUITO OCUPADA FAZENDO ISSO, KAITLIN, NÃO...

— Laney? — chamo, ouvindo o sinal de chamada.

Deito-me novamente e cubro a cabeça. Quando fecho os olhos, a porta se abre.

— Kaitlin. Acorde.

Era Liz. Ela puxou as cobertas quentes de mim.

— Oi — digo, bocejando. — O que você está fazendo aqui?

— O que estou fazendo aqui? O que *você* está fazendo na cama? Temos muito trabalho a fazer! — Liz se senta ao meu lado, afundando o colchão. — Você disse que queria ir às compras.

— É, mas a Fred Segal não abre antes das dez — respondo.

— Fred Segal? Você não vai usar nada da Fred Segal — Liz me corrige, levantando de um salto. — Nadine está na Discount World agora escolhendo algumas roupas.

— Discount World? — pergunto, mordendo os lábios. — Não sabia que a Discount World vendia... roupas.

— Vende sim — diz Liz, procurando um roupão na mi-nha mala ainda pronta. Ela o encontra e o joga na minha direção. — Vista isso. Estão todos lá embaixo à sua espera. Vamos criar uma pessoa nova.

Uau! Para pessoas que não queriam tomar parte do meu plano, eles entraram a bordo rápido demais. Coloco o roupão verde e calço minhas pantufas de pelúcia. Não consigo esconder um sorriso.

— Por que você está rindo? — pergunta Liz.

— Você. Laney. Mamãe. Vocês todas estão tão...

— Tão...?

— ...tão colaboradoras — digo, por fim. — Acho que fiquei surpresa.

— Só não queremos que você dê com os burros n'água — explica Liz de forma ríspida.

— Bem, obrigada. Eu acho — respondo secamente.

Quando chegamos ao andar de baixo, já ouço a agitação. A voz alta de Paul pode ser ouvida por toda a casa.

— NÃO... NÃO SERVE... NEM PENSAR... UH! PAMELA ANDERSON DEMAIS.

Liz e eu entramos na cozinha e vemos Shelly segurando várias perucas. Paul e minha mãe estão em pé do outro lado da mesa de vidro, examinando uma por uma. Perucas, roupas, maquiagem e acessórios de cabelo estão espalhados pelo chão de mármore da cozinha. O grupo parece me notar e todos me olham.

— Olá, docinho — cumprimenta mamãe, olhando no relógio. — Nossa! Você dormiu até tarde hoje.

— São nove e meia — protesto.

— Já estamos aqui há uma hora.

Olho para Liz, que revira os olhos e boceja sem cobrir a boca. Noto, então, que Liz ainda está usando suas calças brancas de karatê, e ela só as usa para malhar ou para dormir.

— Sua mãe nos ligou ontem à noite — explicou Shelly, parecendo se divertir e com um brilho nos olhos acinzentados. — Ela nos avisou que se tratava de uma *emergência*.

— Bem, claro que é uma emergência, não é, docinho? — Minha mãe pega meu braço, levando-me até o banco ao lado de Paul. Ela está usando um conjunto de ginástica cor-de-rosa da PB&J Couture e parece um pouco corada. — Não queremos que você passe vergonha semana que vem — acrescenta ela.

— Mamãe, vai ficar tudo bem. Prometo.

— Eu sei, eu sei. Você já falou com Laney? — pergunta ela, ainda segurando meu braço.

— Falei.

— Ela lhe contou sobre a diretora?

— Contou, sim.

— E sobre o roteiro de Hutch Adams?

— Também.

— E quanto...?

— Sra. Burke, por que não mostramos a Kaitlin o que escolhemos para ela experimentar? — sugere Liz de forma gentil.

— Ah! Claro. Paul? Shelly? — chama mamãe de forma distraída. — Vamos começar?

Paul puxa um banco de ferro batido e eu me sento.

— Só quero dizer que, apesar do fato de eu ter acordado muito cedo no meu primeiro dia de folga em duas semanas, acho a ideia fabulosa — afirma Paul enquanto penteia meu cabelo ondulado.

— Você acha? — pergunto.

— Sim, porque *finalmente* nos divertiremos juntos. — Paul gira o banco. — Nada de coisas chatas. Shell, pegue as perucas.

Shelly traz uma caixa cheia de perucas de todas as cores e todos os comprimentos.

— Já começamos a dar uma olhada, querida — diz Shelly. — Precisamos de algo que não seja chamativo demais. — Shelly pega uma pilha de perucas louras que seriam perfeitas para uma *drag queen*. — Essas, por exemplo, não servem.

— Qual comprimento você prefere, Kates? — pergunta Liz.

— Não sei. — Enrolo meu cabelo cor de mel que chega à cintura nos dedos. — O mesmo de agora? O que você acha, mamãe? Ruiva ou morena?

— Morena, docinho. O ruivo já saiu de moda. — Mamãe pega uma peruca com longas ondas castanhas. — Olha essa que linda!

— Super Julia Roberts — responde Paul, indicando que aprovava a escolha.

— Adulto demais — discordo.

— E essa? — pergunta Shelly, segurando uma peruca castanha com luzes douradas com comprimento na altura do ombro. O cabelo é liso e macio.

— Quem teria tempo de alisar essa peruca de manhã? — pergunto. — Quer dizer, eu faria isso para *Family Affair*, mas pessoas normais não vão ao cabeleireiro todo dia, certo?

— As meninas da escola fazem — responde Liz. — Algumas fazem escova antes da aula de manhã.

Meneio a cabeça.

— Não. Não. Quero algo normal. Não quero me sobressair.

— É, porque é uma droga parecer uma estrela de cinema — comenta Liz secamente.

Ignoro a provocação e começo a remexer a caixa. Por baixo das demais perucas, encontro uma peruca de um cabelo curto, castanho e liso.

— O que vocês acham desta?

Paul franze o cenho. Depois a tira das minhas mãos, segurando-a em frente a ele como se fosse lixo. Ele me ajuda a colocá-la, ensinando-me como devo prender o meu cabelo para que fique preso sob ela. Ela é bastante confortável, o que é bom. Viro-me e olho para todos.

— Então?

Ninguém parece satisfeito.

— Parece um ratinho — opina mamãe.

Olho no espelho que Shelly me oferece. Meu rosto adornado com cabelos curtos e castanhos me olha de volta.

— É perfeita! — afirmo sorrindo para o meu estranho rosto no espelho.

— Eu gostei — anuncia Liz. — Lembra Natalie Portman em *Closer*.

Shelly me olha atentamente. Ela anda à minha volta e brinca com algumas mechas.

— É *tão* diferente de você. Isso pode funcionar, Meg — diz ela para minha mãe.

— Acho que sim — responde ela, taciturna.

Paul também me olha assim.

— Paul, eu não tenho de estar glamourosa. Não queremos que ninguém saiba que eu sou eu — lembro a ele.

— Tanto faz — responde ele, sem olhar para mim.

— Vamos fazer o seguinte — ofereço eu. — Você pode fazer o que quiser para o *The Tonight Show* da semana que vem.

— Qualquer coisa que eu quiser? — pergunta ele. — Mesmo se eu quiser usar apliques?

— O que você quiser — afirmo, rindo. — E agora?

— Bem, por mais sem graça que esteja seu cabelo, eu ainda sei que você é você — afirma Shelly, avaliando-me. — Humm... vamos tentar lentes de contato. Já que você quer passar despercebida, vamos ter de esconder esses lindos olhos verdes.

Ela puxa uma caixa de lentes de contato e me entrega uma. Leva alguns minutos, mas, por fim, consigo colocar uma. Olho no espelho. Um olho castanho e outro verde me olham. Coloco a outra e viro-me.

— Então?

Todos se aproximam para olhar melhor.

— Você está completamente sem sal — reclama Paul.

Liz inclina a cabeça para o lado.

— É bastante convincente.

— Você realmente acha que eu não pareço eu? — pergunto, excitada. — Talvez devêssemos testar esse disfarce — sugeri me encaminhando para a porta.

Shelly não me deixa passar.

— Ainda não terminamos. Experimente isso.

Ela colocou um par de óculos com armação de tartaruga no meu rosto.

Todos exclamam.

— Agora, você realmente não parece você — declara Shelly, como se não acreditasse no que via.

— Você parece Jen Garner em *Alias*, mas nos dias em que ela tinha de usar um disfarce para ficar feia — afirma Paul, lentamente. Espero que isso tenha sido um elogio. Olho para mamãe e para Liz.

— Você parece... — começa mamãe.

— Você parece uma nerd — afirma Liz.

Pego o espelho de Shelly. Com cabelos castanhos curtos, olhos castanhos e óculos eu pareço mesmo uma nerd. Realmente, a imagem que vejo não se parece em nada comigo.

— Gostei — digo na defensiva.

— Tudo bem, mas você quer que outras pessoas gostem de você também, não é? — pergunta Liz enrolando uma mecha do seu cabelo brilhante e encaracolado. — Eu terei de ser sua amiga! O que os outros vão pensar de mim?

Paul ri.

A porta da frente bate.

— Estou de volta — grita Nadine, entrando na cozinha com várias sacolas finas de plástico com a estampa DISCOUNT WORLD estampada. Ela as coloca na mesa. — Fiz um milagre. Comprei oito figurinos por apenas 100 dólares.

— Querida! A camisa que estou usando custa mais do que isso — reclama Paul, tocando sua camisa cinza de botão da Dolce & Gabbana. — O que você comprou para ela? Poliéster?

— Sim — respondeu Nadine, rindo e segurando uma camisa lisa branca de gola-V e uma minissaia de pregas roxa que parecia ser muito barata e que tinha como acessório um cinto de vinil. Eca!

— É realmente necessário que Kaitlin pareça... bem... pobre? — pergunta mamãe, franzindo a testa preocupada.

Pego o cinto preto e brilhoso e tento colocá-lo na cintura. O plástico não tem muito o que dar. Não falarei isso em voz alta, mas tenho de concordar com mamãe. Será que alguém *realmente* se veste assim?

— O que vocês acham? — pergunto olhando para minha cintura.

Nadine estreita os olhos.

— Você está ótima. — Ela se aproxima e ajusta melhor o cinto para que fique mais alto. — Muita gente compra na Discount World. Você consegue encontrar coisas bem legais lá, se procurar bastante.

— Acho que você não procurou bastante — resmunga Paul.

Nadine o ignora.

— A Clark Hall é um lugar onde se misturam crianças e adolescentes de todos os lugares de Los Angeles — ela explica de modo firme. — Alguns se vestirão muito bem porque têm dinheiro, e outros usarão roupas dez vezes piores do que estas. Certo, Liz?

Liz torce o nariz.

— Sim — responde lentamente. — Mas eu não ando com ninguém que se vista assim. Eu tenho uma reputação pela qual zelar.

— E que tipo de reputação é essa? — pergunta Shelly.

Liz leva a pergunta bem a sério e pensa por um momento.

— Meus amigos não são tão ricos quando Kaitlin e eu, porque, mesmo que eu tenha dinheiro, detesto as pessoas que se acham superiores por causa disso. Mas meus amigos têm bom gosto para se vestir.

— Acho que você deve andar com essas crianças ricas, docinho — aconselha mamãe. — Você não teria de comprar algo...

— A Discount World é perfeita para Kaitlin — interrompe Nadine. — Queremos que ela fique abaixo do radar. Se ela for rica demais e usar suas próprias roupas, vai acabar sobressaindo. Se parecer pobre demais, não fará nenhuma amizade. O meio-termo me parece apropriado e estamos falando das roupas que a maioria dos americanos usa. Como eu.

Nadine sorri para mamãe e sua explicação parece coerente para mim.

— Posso usar roupas da Gap também? — sugiro. — Os anúncios da Gap aparecem em todas as revistas e parecem um símbolo da normalidade.

— Ela não poderia ter uma avó rica que lhe manda roupas? — pergunta mamãe.

— Express, Limited, New York and Company — lista Shelly. — Essas são as lojas nas quais você deve comprar suas roupas.

— Essas lojas não ficam no shopping center? — grita mamãe. Se algum dia ela já fez compras no shopping, ela já se esqueceu disso. Parece que está prestes a desmaiar.

— Mãe, pense nisso como se estivéssemos preparando o figurino para o maior papel da minha carreira — sugiro de forma gentil.

— Tudo bem — concorda ela, cabisbaixa.

— Tem algo que não conseguiremos mudar — digo, apontando para minhas pantufas verdes. — Meus pés enormes!

— Com certeza — diz Paul rindo de forma afetada. — Espero que a Discount World venda sapatos tamanho 39.

Dou um soco no braço dele.

— De uma coisa eu tenho certeza — murmura Liz. — Com essas roupas, ninguém vai confundi-la com a rainha adolescente Kaitlin Burke.

Adoro a ideia de ninguém se importar de qual estilista é a roupa que estou usando. Isso é um alívio.

SEGREDO NÚMERO OITO DE HOLLYWOOD: Não importa quantos zilhões você ganhe para fazer um filme, não dá para ter uma roupa nova para cada evento. A maior parte do seu guarda-roupa é emprestada. O único problema é que às vezes você sai procurando no seu armário aquela saia de tweed preta de Marc Jacobs e depois descobre que ela não era sua.

— E o seu nome? — pergunta Liz. — Você já escolheu?

— Já, sim. Rachel Rogers, daquele filme exibido pelo Disney Channel, *Mission Aborted*. Eu gostava da personagem. Além disso, já representei uma espiã inglesa, então consigo fazer o sotaque.

Liz lançou um olhar inteligente na minha direção.

— Tudo bem. O filme era tosco, mas a experiência está prestes a começar.

— Você consegue fazer um sotaque britânico de forma convincente? — pergunta Paul, parecendo não acreditar.

— Com licença. Você sabe onde fica o apartamento do Sr. Hammond? — perguntei, pronunciando as palavras com sotaque britânico perfeito. — Sou nova por aqui.

— Nada mau — diz Shelly. — Nada mau mesmo.

— Bem, agora que já criamos seu disfarce, vou inventar uma história sobre onde você morava e estudava, quem são seus pais e todo esse tipo de coisa. Trarei um relatório para você amanhã. Acho que você conseguirá decorar tudo antes do início das aulas na semana que vem — diz Nadine, fazendo várias anotações em sua bíblia.

— Uau! Olhe como nossa princesa está feliz! — sorri Paul enquanto eu exibo um sorriso de orelha a orelha.

— Estou *muito* feliz — admito. — Isso será muito divertido.

Pego meu Sidekick.

Sábado 28/2

OBSERVAÇÕES PARA MIM

Ligar para Seth para saber sobre o manuscrito de Hutch Adams.

Comprar jeans na Gap.

Pedir a Nadine para ir à B&N comprar livros sobre Londres para eu me atualizar sobre o lugar (p. ex., Tony Blair é o primeiro-ministro. Os Osbournes já estão por fora. Guy e Madonna ainda estão na moda).

Praticar o sotaque. ("Jolly" significa legal. "Bugger" significa algo ruim.)

COMPRAR CADERNOS E CANETAS NOVOS!

OITO   *Clark Hall*

— A diretora Pearson vai atender você agora, Rachel — diz a secretária da Clark Hall, apontando para a sala da diretora.

Respiro fundo e dou um passo à frente. Acho que não fico tão nervosa desde o dia em que conheci Brad Pitt!

Só estava na Clark Hall há 15 minutos e já precisava passar desodorante de novo. Rodney me deixou na escola mais cedo para que eu tivesse tempo de conhecer as adjacências, mas, mesmo observando o mapa que Liz desenhou, acabei me perdendo.

O lugar é *enorme*. Em *Family Affair*, usamos um gracioso colégio da década de 1920 para as filmagens. A Clark Hall, por outro lado, consiste em um campus que se estende por um grande terreno com cinco prédios de tijolos e caminhos repletos de narcisos e rosas. Há passagens em arco que cobrem armários prateados brilhantes e o que parece ser o grande pátio externo cheio de mesas e cadeiras de madeira. Depois de andar sem destino, já que Liz não estava respondendo às minhas mensagens de texto, encontrei um jardineiro cuidando das rosas. Ele me mostrou onde ficava o prédio principal, mas esqueci de agradecer a ele.

Estou com a peruca presa firmemente no couro cabeludo, as lentes de contato e os óculos. Acho que estou quase bonita com os jeans que comprei na Gap, uma camisa branca simples de botão e um suéter vermelho que me dava um pouco de coceira. Mas eu sentia que sobressaía de alguma forma.

— Não sei por que está tão preocupada — disse Nadine na noite anterior, tentando me garantir que tudo ficaria bem, enquanto eu estava experimentando pela décima quinta vez a roupa que usaria no primeiro dia de aula. — Não dá *mesmo* para reconhecer você. E você sabe que eu diria se achasse que isso fosse possível.

Eu sei o que ela diria. Durante toda a semana, mamãe, papai, Nadine, Laney e Liz atualizaram meus conhecimentos sobre a Grã-Bretanha, a história de minha família e o motivo por que meus pais se mudaram para os Estados Unidos. (A história que vamos contar é que meu pai é um professor visitante na UCLA, então eu não tenho muito dinheiro.) Todos estão cooperando, menos Matt, que ainda me acha maluca.

— Talvez eles ainda queiram manter um Burke em *Family Affair* depois que sua carreira afundar — disse ele uma noite em que eu estava treinando meu sotaque. — Assim, eles poderão me contratar.

— Entre, Rachel — ouço uma voz animada, quando abro a porta da sala da diretora Pearson. — Estava aguardando você.

Uma mulher baixa, de compleição pesada e cabelos grisalhos se aproxima. Ela está usando um vestido de bolas vermelho que está largo demais na cintura, o que me fazia lembrar da Mamãe Noel.

— Entre! Entre! — Ela puxa uma cadeira de couro marrom gasto para que eu me sente. — Mara, atenda às minhas ligações — grita ela para a secretária.

Ela bate a porta, fazendo com que os diplomas na parede atrás dela saiam do lugar e senta-se atrás da desordenada mesa de mogno.

— Kaitlin? É você mesmo? — pergunta, por fim, a diretora Pearson.

— Na verdade, meu nome é Rachel — respondo com um sotaque britânico perfeito. — Prazer.

A diretora ri e bate palmas.

— Uau! Eu jamais adivinharia.

Graças a Deus. Menos uma, agora só faltava convencer 964.

— Sam! Na sala da diretora! — continua a diretora Pearson. — Isso *nunca* aconteceria em *Family Affair* — diz ela, rindo.

— Não, acho que não — concordo. — Obrigada por deixar que eu me matriculasse, Sra. Pearson.

Ela não responde e encara-me novamente.

— Espere um pouco! Sam foi à sala da diretora uma vez! — exclama ela, arregalando os olhos acinzentados. — Ela foi com Paige e Dennis falar sobre o fato de Sara ter arrombado o armário de um cara.

Ela bate palmas de novo e ri. Uau! Essa mulher é uma grande "fã fanática" de *Family Affair* (é assim que chamamos nossos fãs mais ardorosos).

— Hã... Existe algo que eu deva saber antes do início das aulas? — pergunto, tentando voltar ao assunto.

— Você precisa do horário das aulas — lembra ela, procurando entre os papéis espalhados pela mesa e me entrega um. — Aqui está. Sua primeira aula será de francês para iniciantes com a Sra. Desmond.

Pego o horário e o sinal toca no corredor.

— Esse é o sinal para a primeira aula — informa-me a diretora. — Devemos sair agora.

Ela fica de pé. Dou um sorriso fraco e pego minha bolsa preta, estilo carteiro, pois não quero chegar atrasada à primeira aula.

— Muito obrigada, diretora Pearson — agradeço, mas ela me corta.

— Antes de ir, gostaria de dizer que fiquei muito feliz por você ter escolhido a Clark Hall para essa experiência. Não posso expressar o que significa ter Sam andando por nossos corredores santificados, mesmo que você não tenha nada a ver com ela. E é claro, espero que se sinta à vontade para me procurar se tiver algum problema. — Eu concordo com a cabeça, mas a diretora ignora o gesto. — Disse a Laney que meus lábios estão selados, é claro. Sou uma grande fã do programa.

Sorrio e tento passar por ela e chegar até a porta. Presumo que aquele era o último sinal e eu ainda nem sabia para onde ir.

— Bem, fico feliz de saber que a senhora é uma fã — tento dar um sorriso. — Esse foi o último sinal? Não quero me atrasar.

Ela concorda, mas não sai do caminho. Não estou acostumada a me livrar de fãs sem a presença de Rodney para me guiar, então não sei bem o que fazer para me afastar.

— Rachel, você acha que, de vez em quando eu poderia fazer algumas perguntas sobre o programa? — sugere a diretora, piscando nervosamente. — Sou uma grande fã e estou muito animada com o final. Mal posso esperar pelo casamento de Krystal! Posso jurar que ela está grávida e só gostaria de ter certeza.

— Hã! Claro, diretora Pearson. Ficarei feliz em conversar com a senhora, mas talvez mais tarde. — Tento ser gentil. — Depois da aula?

— Ah! Ninguém vai se importar se você chegar atrasada no primeiro dia — afirmou ela. — Tenho de perguntar a você sobre o episódio da semana passada — diz ela, enquanto lança um olhar de expectativa na minha direção.

Coloco minha bolsa pesada no chão. Isso poderia levar um tempo.

— Qual é o problema com Penélope? — pergunta a diretora, parecendo estar sem ar. — Ela é mesmo a irmã gêmea de Paige, perdida há tanto tempo? Na terceira temporada, Penélope morreu em um acidente de helicóptero. Nenhum corpo foi encontrado, mas eu imaginei que ele havia sido incinerado.

Conto a ela rapidamente o SEGREDO NÚMERO NOVE DE HOLLYWOOD: No mundo das séries, tudo que acontece pode ser revertido. Personagens que já morreram podem voltar, pode-se descobrir um filho perdido ou encontrar um gêmeo do mal. Nenhuma trama é fantasiosa demais se ela ajudar a elevar os índices de audiência. Já que a atriz que interpretava Penélope decidiu voltar ao programa, os escritores de *Family Affair* ressuscitaram a personagem.

Depois de dez minutos de discussão intensa sobre a mãe biológica de Paige, olho no relógio. São 8h45. Já estou meia hora atrasada.

— É melhor eu ir agora, diretora — murmuro.

— Tudo bem. Claro, querida, pode ir agora. — Ela parece desapontada. Tenho a impressão de que ela poderia conversar o dia inteiro sobre *Family Affair* se eu permitisse. — A sala da Sra. Desmond é no South Hall.

Coloco a mão na maçaneta antiga de bronze e saio da sala. Só quando chego no corredor, que está deserto, é que me dou conta de que não faço a menor ideia de como chegar ao South Hall. Olho rapidamente para o jardim verdejante e vejo novamente o jardineiro.

— Desculpe incomodá-lo novamente, mas onde fica o South Hall? — pergunto sem ar e usando meu sotaque britânico. Ele aponta. — Obrigada, senhor! — grito e corro na direção de dois arcos de pedra.

A sala 114 fica na outra extremidade do prédio. Abro a porta e entro apressada, dando de cara com a professora. Xiii.

Cerca de 24 alunos desviam o olhar da projeção a qual estão assistindo e olham para mim com curiosidade. Estão sentados nas fileiras de mesas forradas com fórmica verde cor de vômito, fazendo anotações, sendo que alguns alunos usam laptops. A cena é bem diferente do que vemos em *Family Affair*, onde Sam e Sara se sentam em sofás de camurça macia para a aula, quando elas discutem sobre as matérias do dia com professores que usam jeans. Pensando bem, acho que nem fazemos anotações.

— Você deve ser Rachel — afirma a Sra. Desmond, arrumando os cachos ruivos despenteados.

Paro. Pense, Kaitlin.

— Sim, sou eu — olho em volta da sala nervosamente e ajeito os óculos.

Por favor, permita que ninguém me reconheça.

— Grande entrada — diz ela de forma abrupta em sua camisa branca amarrotada e saia jeans. — Vamos começar. A diretora Pearson disse que você é uma aluna de francês do primeiro ano, *oui*?

Ela bloqueia o caminho até a mesa mais próxima e está mais alta do que eu devido aos escarpins pretos. Não posso evitar perceber que essa jovem professora passou uma quantidade excessiva do meu perfume Chanel favorito.

— Sim. Quer dizer, *oui* — gaguejo. — Sinto muito, estou sem fôlego. Esse lugar é enorme. Como vocês andam por aqui sem um mapa?

Um aluno sentado no fundo da sala ri.

— Bem, Rachel, não aceito atrasos nas minhas aulas — declara ela, ignorando minha pergunta e anda até a outra extremidade da sala, que é decorada com um pôster da Torre Eiffel e cartazes com palavras em francês. — *Principalmente* no primeiro dia de algum aluno. Então, antes que se sente, por que não nos conta um pouco sobre você? Em francês, é claro.

Ai, meu Deus. Tento fixar o olhar na fotografia da catedral de Notre Dame que está na parede dos fundos da sala para me acalmar, mas noto os alunos que estão na última fileira. Uma morena magra como um palito de fósforo ri e cochicha algo com uma loura platinada sentada ao seu lado. Ambas riem. O cara bonitinho com cabelos louros próximo a elas com uma camisa do time de lacrosse da Clark Hall revira os olhos.

— Muito bem — tento não me sentir desencorajada. Aliso minha roupa que pinica e começo: — Hã, *Je m'appelle Rachel*.

— *Bonjour, Rachel* — diz a Sra. Desmond de forma encorajadora. — *Ça va?*

Isso significa "como vai?" Hã...

— *Ça va bien* — respondo.

Consigo sentir o suor começando a brotar na minha testa. Quanto mais tempo eu ficasse ali em pé maiores as chances de descobrirem quem eu era.

— *Bien* — continua a Sra. Desmond. — *D'où venez-vous?*

Acho que ela me perguntou de onde venho. A Sra. Desmond está batendo com o salto do sapato indicando impaciência.

— Oh, sinto muito — digo, corando. — Estou um pouco confusa. Estou no fuso horário de Londres — explico, nervosa. — Hã... *Je viens de Grande-Bretagne*.

— *Grande-Bretagne!* — exclama a professora. — Classe, isso significa que ela veio da Grã-Bretanha.

— Como se não pudéssemos perceber pelo sotaque — diz o garoto com a camisa do time de lacrosse. Todos riem, incluindo a loura, que ri de forma estridente.

— Austin, você é *tão* engraçado — ouço ela dizer.

A Sra. Desmond franze o cenho.

— *Rachel, avec qui êtes-vous?*

Meu Deus do céu! Monique e eu ainda estamos trabalhando o vocabulário e a conjugação dos verbos! Ainda não chegamos à fase de conversação. Sou boa para fazer sotaques e não para falar idiomas diferentes. Olho para a Sra. Desmond sem entender.

— Rachel? — repete ela. — *Avec qui êtes-vous?*

Hummm... Monique sempre me pergunta sobre o tempo depois que respondo de onde venho. Deve ser alguma coisa relacionada com o tempo. Vou apenas dizer que está um dia agradável, pois sei dizer isso.

— *Il fait beau* — respondo.

A turma ri. Será que todos aqui são gênios? O que será que a Sra. Desmond me perguntou?

— Rachel, eu perguntei com quem você veio para os Estados Unidos — explica a Sra. Desmond pacientemente.

— Oh! Eu vim com meus pais — respondo rapidamente.

— Em francês — repreende a professora.

— Espere! Posso começar de novo? Pergunte-me como posso chegar até a biblioteca — peço em pânico. — Sei responder a essa pergunta muito bem.

O cara com a camisa do time de lacrosse ri de novo e está começando a me irritar.

— Ah, deixa para lá. Não temos tempo. Você pode se sentar.

Sinto o rosto queimar enquanto me encaminho até a mesa mais próxima e sento sentindo-me cansada. Um teste com Steven Spielberg teria sido mais fácil do que isso.

— Você viu a roupa dela? — ouço alguém sussurrar.

Queria que Liz e eu estivéssemos sempre nas mesmas aulas. Preciso de alguém para me dar apoio.

— Acho que os ingleses não são conhecidos pelo bom gosto para se vestir — provoca outra pessoa.

Nossa! Que falta de educação!

— Pare com isso, Lori — diz um rapaz.

— Austin, você quer fazer alguma contribuição para a aula? — pergunta a Sra. Desmond, voltando-se para a turma.

— Não, Sra. D. — responde ele.

Eu não me viro. O resto da aula passa normalmente. Meu Sidekick vibra várias vezes, mas eu o ignoro. A Sra. Desmond fala tão rápido que mal tenho tempo de tomar notas. Quando o sinal finalmente toca indicando o fim da aula, sou a primeira a levantar. Tenho de encontrar a diretora Pearson e talvez ela deixe "Sam" desistir do francês.

— Hei! Você esqueceu *la* livro — chama-me uma voz grossa atrás de mim.

Viro-me e deparo-me com um par de maravilhosos olhos azul-turquesa. Dou um passo para trás. Oh! Trata-se do grosseirão com a camisa do time de lacrosse.

— Você quer dizer *mon livre* — respondo mal-humorada, pegando o livro. É uma piada boba que até poderia ser engraçada se não tivesse vindo dele.

— Que seja — sorri ele. — Então, você é de Londres, né?

— Ei, Austin — chama alguém no corredor. Um outro garoto passa e bate no ombro dele. — Excelente jogo, ontem, cara.

— Olhe, não ligue para a Sra. D., OK? — diz Austin. — Ela é inofensiva. Fui o aluno novo ano passado e ela fez a mesma coisa comigo.

Eu aceno com a cabeça e lanço um olhar fulminante com os meus olhos verdes... ou melhor, castanhos. Por que ele estava fingindo ser bonzinho? Ele tinha acabado de debochar de mim na aula!

— Tenho de ir — resmungo, tentando passar por ele sem esbarrar no braço musculoso, mas acabo esbarrando em outra pessoa.

— Aqui está você, A. Eu estava *esperando* — reclama a garota com voz nasalada.

Percebo que se trata da loura que estava sentada ao lado de Austin na aula de francês. Os cabelos platinados foram escovados para ficarem lisos e ela estava usando um casaco Chanel cor-de-rosa e marrom, que eu *sei* que é da coleção passada porque tenho um igual.

— Chegaremos atrasados na próxima aula — diz ela, parecendo uma gigante ao meu lado e batendo com a ponta da bota de couro preta que vai até a altura dos joelhos. Noto que ela fica quase da mesma altura que Austin com aqueles saltos altos. Será que essa escola é povoada por gente alta?

— Esta é a minha namorada, Lori — diz Austin. — Lori, você conhece... hã... — Ele parece perdido, passa os dedos pelo topete louro. Noto que os pelos do braço dele são louros, provavelmente queimados de sol. Não que eu dê a mínima. — Desculpe, qual o seu nome, mesmo?

— A., você me ouviu? — reclama Lori sem me olhar. — Estamos atrasados. Preciso dos meus pompons e do meu uniforme de líder de torcida para treinar.

Eca... Não gosto de nenhum dos dois.

— Prazer em conhecê-los — digo e me afasto.

— Vejo você depois — grita Austin.

Ignoro-o e corro pelo corredor. Que ótimo! Agora estou atrasada para a segunda aula. Por que Liz não me avisou para me manter longe dos atletas da escola?

Graças a Deus a aula de trigonometria do Sr. Hanson não me causa problemas. Sou ótima em matemática. Consigo chegar à terceira aula na hora, mas causo uma cena ao me levantar durante a aula para ir ao banheiro. Como poderia saber que era necessário pedir permissão para isso? Meu professor de história, o Sr. Klein, pareceu achar que se tratava de uma questão universal e tive de aturar um sermão sobre como as coisas funcionam.

Liz nunca me disse sobre a tonelada de anotações que se deve fazer. Minha tutora, Monique, geralmente me dava folhas impressas com a matéria no camarim. Ela não ficava na frente de um quadro-negro, nem me fazia escrever funções inversas de trigonometria, nem a evolução dos primatas ou a conjugação dos verbos em francês. Ouço meu Sidekick tocar de novo e o pego quando o Sr. Klein não está olhando.

MENINASUPERPODEROSA82: Onde vc esteve? Encontre-me na cantina em dez min.

PRINCESALEIA25: Onde é a cantina?

Liz não responde. Quando o sinal toca, vago pelo corredor e olho ao redor. O cheiro de gordura de batatas fritas chega ao meu nariz e avanço nessa direção.

A cantina fica no North Hall. Logo de cara, noto que parece a praça de alimentação de um shopping que usamos como set de filmagens para *Family Affair*. Há batatas fritas, massa, guloseimas e saladas. Geladeiras enormes abrigam as bebidas. Há um bar que vende frozen iogurte também. É enorme.

— Oi! — Liz me pega pelo braço enquanto eu fico ali olhando para tudo sem acreditar. Ela está usando um lenço amarelo e verde-limão, uma linda camiseta preta sem mangas onde se lê DIVA em cristais e uma saia bege de pregas. Em uma outra pessoa essa roupa poderia parecer ridícula, mas era perfeita para Liz.

— Rachel, não é? — ri Liz, maliciosa.

Planejamos nosso primeiro encontro durante a semana.

— Sinto muito, esqueci o seu nome... Rebecca, não é? — pergunto.

— Liz. — Ela se vira para uma menina afro-americana e uma morena magricela usando jeans e uma camiseta. — Gente, essa é a garota de Londres de quem falei — diz Liz. — Esbarrei com ela mais cedo na sala da diretora. — Ambas sorriem. É um alívio finalmente ver rostos amigáveis. — Essa é Beth — diz Liz apontando para a menina baixa. — E essa é Allison — e aponta para a morena.

— Londres, não é? — pergunta Allison. — Você já encontrou o príncipe William?

— Hã... Não — respondo, limpando a garganta. — Mas ele é um pão.

— Pão — repete Allison cutucando Beth tão forte que ela deixa cair os óculos pretos que estava limpando. — Adorei isso.

— Por que você não almoça conosco? — sugere Beth, pegando seus óculos com armação de tartaruga. Ela limpa as lentes com a ponta da camisa simples cor de creme que está usando com calças de veludo cotelê vinho. Acho que Nadine comprou uma igual para mim na Limited. — Allison e eu vamos pegar uma mesa no pátio e Liz pode mostrar a cantina para você — acrescenta ela. — Lizzie, você pode pegar sanduíches de rosbife e duas Cocas?

Liz concorda. Assim que Beth e Allison se afastam, conto os detalhes da manhã para Liz.

— A Sra. Pearson é uma fã ardorosa de *Family Affair* e você esqueceu de me avisar que é necessário pedir permissão para ir ao banheiro — sussurro enquanto Liz me passa uma bandeja com o almoço e nós nos encaminhamos para a fila do caixa. — Misturei os verbos na aula de francês da Sra. Desmond e ela me fez ficar de pé e me apresentar em francês. Em francês! As pessoas riram de mim.

— Não se preocupe com isso — sussurra Liz em resposta, enquanto a fila avança. — Salada de atum, frango, rosbife ou manteiga de amendoim e geleia?

— Será que não tem peito de peru da Boar's Head? — pergunto observando as carnes. — Cal sempre guarda para mim.

— Desculpe, sua alteza, não temos um responsável pelo serviço de alimentação aqui. Por que não deixa que eu peça um sanduíche de frango para você enquanto você pega água com gás para mim na geladeira?

Pego a bandeja vazia e me encaminho para as bebidas. Há vários tipos de refrigerante mas não tem água Fiji. Tento pegar a última garrafa de água com gás Poland Spring com limão, mas alguém é mais rápido do que eu.

— Sinto muito — diz uma garota usando um uniforme branco e vermelho de líder de torcida.

Fiquei tentada a arrancar a garrafa da mão dela, mas resisti.

— Pegou tudo? — pergunta Liz.

Procuro a carteira na minha bolsa, mas lembro-me de que não trouxe uma. Rodney ou Nadine sempre compram o meu almoço e eu não estou acostumada a andar com dinheiro.

— Esqueci a minha carteira — admito, humildemente.

Liz meneia a cabeça.

— Pode deixar que eu pago — diz ela. — Vamos embora. Só temos quarenta minutos.

Pegamos nossas bandejas e nos encaminhamos para o deque banhado de sol. Liz passa por várias mesas e cumprimenta diversas pessoas no caminho.

— Você conhece todo mundo, né? — comento enquanto colocamos as bandejas na mesa e nos sentamos com Beth e Allison. Elas escolheram uma mesa na sombra perto do pátio de concreto.

— No pátio, sim — responde Beth. — Mas não é todo mundo que senta aqui fora.

Fico confusa.

— O que quer dizer? Vocês têm lugares marcados?

Toda a cena da cantina é estranha para mim. Em *Family Affair*, Sam e Sara sempre almoçam fora do campus, no Becca's Bistro.

— Não — explica Allison dando uma mordida no sanduíche de rosbife. — Mas é difícil conseguir uma mesa aqui fora sem ter alguma influência.

— Ah! Você está falando sobre as pessoas populares.

Parece que uma lâmpada se acendeu na minha cabeça.

— Em geral, os atletas ficam por aqui — explica Liz. — Principalmente os jogadores de lacrosse e de futebol. Eles têm prioridade porque a Clark ganha muitos campeonatos estaduais...

— ... o que atrai patrocinadores — acrescenta Allison.

— ... o que permite mais bolsas de estudo — finaliza Beth, apontando para si e para Allison.

— Então, quem senta lá dentro? — pergunto, pensando em como as coisas funcionavam em Summerville High em *Family Affair*. — Caras que querem estudar e garotos que fazem parte de clubes que odeiam o sol?

— É — concorda Liz. — Você esqueceu de mencionar o Anime Club. Temos um desses também.

Beth indica uma mesa atrás de nós, em que há alunos usando maquiagem barata demais e produtos oleosos nos cabelos.

— Aqueles são os alunos de teatro — explica ela. — Eles conseguiram uma mesa porque todos adoraram a versão deles da peça *Hairspray*. E lá ficam os representantes de turma. — Ela apontou para um grupo inclinado sobre livros em um outro canto. — Eles são responsáveis pelo centro cívico do colégio, fazem parte da equipe de debate e escrevem para o jornal do colégio.

— Parece que um dia eles serão responsáveis por governar o país — brinco. — E vocês, meninas?

— Nós seguimos o fluxo — responde Liz.

Beth ri.

— Liz quer dizer que *ela* segue o fluxo — explica Beth. — Todo mundo gosta de Liz porque ela é a presidente do comitê de bailes. Eu não tenho tempo para esse tipo de coisa, pois ajudo mães em Brentwood três vezes por semana. Adoro crianças. Até as mais mimadas!

— E eu não posso me engajar em atividades escolares — diz Allison, revirando os olhos castanhos. — Sou da academia de dança Santa Rosita. Danço hip-hop e balé, então tenho de ensaiar cinco dias por semana.

— Mas Liz nos colocou como decoradoras nos bailes — ri Beth. — Tome cuidado, Rachel. Ela vai acabar colocando você no comitê para o Baile de Primavera antes que você perceba.

Comitê de baile, trabalho de colégio, acho que consigo me ver fazendo esse tipo de coisa, se eu tivesse tempo. Então eu minto.

— Eu fazia parte do comitê de baile do meu antigo colégio.

— Bem, então você é bem-vinda para andar conosco — sorri Beth. — Não gostaríamos de vê-la sendo recrutada pelo comitê para novas ideias ou algo do tipo. Às vezes, os caras de matemática tentam fazer uma lavagem cerebral nos novos alunos fazendo com que pensem que eles são populares.

Eu rio.

— Fico feliz por você ter avisado. — Olho as mesas à nossa volta, já que estamos no meio do pátio. — Então, vocês sempre conseguem um lugar de primeira.

— Não somos *tão* populares assim — responde Liz. — Em geral, a turma de Lori pega a mesa na sombra. Onde elas estão hoje?

— Ensaio na hora do almoço — responde Allison. — Então a mesa estava vazia.

— Espere! Você disse Lori? — perguntei. — É uma loura alta com voz afetada que está na equipe das líderes de torcida?

— Sim — ri Beth. — Essa mesmo.

Estremeço e conto rapidamente o que aconteceu mais cedo na aula de francês.

— Ela e Austin foram tão grosseiros — afirmo, meneando a cabeça.

— Austin? Austin Meyers? — pergunta Liz. — Ele foi grosseiro com você?

— O clone de Chad Michael Murray? — questiona Allison.

Aceno com a cabeça, enquanto pego uma batata oferecida por Allison.

— Mas ele é o cara mais legal do colégio! — surpreende-se Allison. — O que ele fez?

— Riu de mim — respondi resignada. — Depois ele... — pensei no que tinha acontecido — ... ele me entregou o livro que eu tinha deixado cair ao sair da sala.

— É, parece bem grosseiro — afirma Liz.

As três me explicam que Austin veio de Nova York para Los Angeles no ano anterior e que é o capitão do time de lacrosse, está na lista de honra, é o treinador da liga infantil de basebol, além de ajudar crianças em escolas carentes. Parece perfeito demais para ser verdade.

— Tem certeza de que ele estava rindo de você? — acrescenta Beth. — Talvez fosse apenas Lori. Isso é a cara dela.

— Não sei o que ele vê naquela garota — afirma Allison, conferindo a maquiagem no espelhinho que acabara de tirar da bolsa verde, estilo carteiro. Ela passa um pouco de corretivo nas sardas.

— Ouvi dizer que eles estavam discutindo na festa de Stacy Winberger no último final de semana — segreda Beth, inclinando-se mais sobre a mesa para que ninguém à nossa volta possa ouvir.

— Ele pegou mesmo o seu livro e o entregou a você? — pergunta Allison. — E tentou falar com você? — Eu concordo com a cabeça. Ela suspira. — Gostaria que ele falasse comigo.

Eu ri.

— Você não o achou lindo? — pergunta Liz, parecendo incrédula.

— Eu não notei — menti. As três gemem. — Além disso — dei um riso forçado, olhando diretamente para Liz. — Não vim para os Estados Unidos atrás de rapazes. Estou aqui para estudar.

— E não estamos todas? — responde Liz de forma seca.

NOVE *Deslumbramento com a escola*

Segunda-feira 8/3

OBSERVAÇÕES PARA MIM

Reli o roteiro 1 de Hutch. Será que ele pode ser assim tão incrível???

Trabalho sobre a Guerra Civil p/ entregar em 2 semanas!

Segunda-feira 15/3

OBSERVAÇÕES PARA MIM

Leno pré-entrevista com Kat Simcok. Terça 10h15 pedir à diretora p/ usar o seu tel. Levar uma camiseta autografada de *Family Affair* como suborno

TRABALHO SOBRE GUERRA CIVIL P/ SEMANA QUE VEM!

Ligar para Seth Meyers. Ele já ligou 2x.

Sexta-feira 19/3

OBSERVAÇÕES PARA MIM

Ligar para Seth Meyers. Novamente.

Pedir a Nadine para pesquisar os lugares da moda na Inglaterra. (Onde o príncipe William costuma ir?)

Comprar *Hello!* e a *OK*

TRABALHO SOBRE GUERRA CIVIL P/ SEGUNDA-FEIRA!! (implorar ajuda de Nadine.)

Gostaria de beijar o inventor do Sidekick. Meu pobre equipamento está trabalhando sem parar, tentando conter as peças da minha "vida dupla", como Nadine gosta de chamá-la. Escrevi mais "Observações para Mim" em três semanas na Clark Hall do que em um ano inteiro, desde que comprei isso. Mas que outra opção eu tenho? Não estou acostumada a levar uma vida sem a ajuda de uma assistente e não há muito que Nadine possa fazer por mim enquanto estou sentada na sala de aula.

— Isso era exatamente o que você queria — repreendeu-me ela quando reclamei do trabalho sobre a Guerra Civil. — Você é uma garota *real* agora e tem de fazer seus trabalhos dentro dos prazos estipulados. Não é legal?

SEGREDO NÚMERO DEZ DE HOLLYWOOD: Os deveres de casa são muito mais fáceis quando você tem aula com tutores no set. Não estou dizendo que você não tenha de fazer questionários ou trabalhos, mas os tutores são bem mais compreensivos sobre os prazos de entrega.

— Monique, tenho uma grande cena de sequestro que será gravada na sexta-feira. Posso entregar o ensaio sobre o livro *To Kill a Mockingbird* na segunda-feira?

E isso é o suficiente para que eu consiga mais tempo para fazer o trabalho. Isso nunca aconteceria na Clark Hall. Mesmo as desculpas criativas de Sara em *Family Affair* para explicar por que não fez o dever de casa (tipo: minha mãe tomou pílulas demais para dormir, meu avô está tendo um caso, a mansão da família em Majorca está pegando fogo) não funcionariam aqui.

Esse é o motivo por que eu tenho de fazer um ensaio extra para o Sr. Klein por ter entregado o trabalho sobre a Guerra Civil com um dia de atraso. Tive de escolher entre a entrevista para a *Hollywood Nation* que Laney marcara ou terminar o trabalho a tempo. Laney dá mais medo do que o Sr. Klein.

Reli o bilhete do Sr. Klein.

Rachel, já que seu trabalho foi entregue atrasado, sugiro que você faça o trabalho descrito abaixo, para aumentar sua nota. — Sr. K.
NOTA EXTRA EM HISTÓRIA: descreva em 1.000 palavras um momento inesquecível da história norte-americana.

Você acha que o tão aguardado final da temporada de *Family Affair* conta?

Depois de ter entregado o trabalho atrasado essa semana, acho que terei de puxar um pouco o saco do Sr. Klein. Sentar-me ereta na aula e sorrir ou oferecer-me para limpar o projetor, como Sam faria. Mas nãããão... Já é a quarta aula em que me escondo no fundo da sala assinando uma pilha de fotografias de Kaitlin Burke que Laney quer que eu termine para o leilão de caridade desse fim de semana. Acho que é isso que acontece quando você está assoberbada. Não tive um segundo livre para fazer isso. Estava quase terminando quando ouvi o Sr. Klein vociferar.

— Rachel, há algo mais interessante nessa pasta do que a minha discussão sobre a difícil situação dos búfalos?

Levei um susto tão grande que minha caneta roxa para escrever em superfícies brilhosas se solta da minha mão e voa pelos ares.

— Não, Sr. Klein — respondo nervosamente, tentando esconder a última fotografia que assinei na minha pasta do C-3PO.

O Sr. Klein não acredita e se encaminha até o fundo da sala com duas passadas rápidas. Ele tira os óculos do bolso manchado de tinta e os coloca para que consiga me ver de forma clara.

Estou ferrada. Estou MUITO ferrada.

Talvez eu devesse fugir...

Com o canto dos olhos, vejo a expressão de pânico no rosto de Liz. Percebo que Austin está atrás dela, olhando-me de forma curiosa. Desvio o olhar e sinto o rosto queimar. Desde que nos conhecemos, tenho evitado falar com ele.

— O que é isso? — pergunta o Sr. Klein. Eu pulo quando ele tira uma fotografia da minha pasta e sacode um autógrafo de Kaitlin Burke no ar. — Quem é essa Kaitlin... hã... Burke? — lê ele.

A turma começa a rir.

— Ela é uma garota superinfantil que trabalha na série *Family Affair*, Sr. Klein — grita Rob Murray do time de lacrosse de Austin.

— Adoro esse programa — diz Fran Pluto. — Vocês viram o episódio de domingo? — pergunta ela a uma garota pálida sentada ao lado dela que usava um batom preto. A garota meneia a cabeça. — A irmã de Paige, na verdade, está VIVA.

De repente, todos começam a falar sobre o programa. Sobre a balbúrdia escuto Lori falar:

— Kaitlin não é *tão* bonita assim.

— Tudo bem, vamos nos acalmar — suspira o Sr. Klein. Ele se volta para mim e posso sentir o suor começando a se formar na minha testa.

— Rachel, o que você está fazendo com esse autógrafo de Kaitlin Bubble...

— Burke — grita Rob.

— Obrigado, Rob — agradece o Sr. Klein com voz firme. — Então, o que você está fazendo com um autógrafo de Kaitlin Burke?

Todos olham para mim parecendo esperar algo. Lori cochicha algo com sua amiga, Jessie, que ri.

— É para minha prima — respondo rápido, olhando para Liz em busca de apoio. — Esse programa começou a ser exibido na Inglaterra e... ah... ela adora. Uma amiga minha conseguiu isso para ela.

— Então, por que você estava escrevendo nele? — pergunta o Sr. Klein.

Ai, meu Deus. Ai, meu Deus. Pense, Kaitlin. *Pense*! Liz está com os olhos grudados em mim.

— Eu... é... eu... Na verdade, só havia a assinatura, então eu tentei personalizar — respondo, respirando fundo.

— Minha prima é pequena, sabe? E eu não queria decepcioná-la. Ela já está sofrendo porque estou longe. Então, se eu conseguir deixá-la um pouco mais feliz com esse autógrafo personalizado, que diz "querida Claire", vou fazer, porque...

— Acho que isso basta, Rachel — interrompe-me o Sr. Klein com ar cansado. — Mas o horário de aula não é o momento para fazer presentes para sua prima, por mais nobre que seja o motivo. Vou ficar com isso até a próxima aula — diz ele balançando o autógrafo.

— Sua prima, sim. Faça-me o favor — ouço Lori rir com desdém, acompanhada por Jessie e outras meninas da equipe de líderes de torcida.

Quando o sinal finalmente toca, vou até o Sr. Klein para recuperar meu próprio autógrafo (que, graças a Deus, ele devolve) e vou para o corredor a fim de procurar por Liz. Vejo seu cabelo castanho brilhoso e me encaminho para a fileira de armários onde ela está encostada. Só então percebo que ela está falando com Austin. Depois do que Beth e Allison disseram no outro dia na hora do almoço, estou mais envergonhada do que no nosso primeiro encontro. Talvez eu o tenha interpretado mal.

— Oi, Rachel — chama-me Liz. — Você está bem?

— Estou, sim.

Vejo Austin com o canto dos olhos. Ele é uns trinta centímetros mais alto do que eu e Liz.

— Sempre que vejo você, você está dando um espetáculo — ri Austin, exibindo seus dentes brancos. — Acho que você gosta de ser o centro das atenções.

— Eu *não* gosto de ser o centro das atenções — respondo ofendida.

Então eu estava certa. Ele é irritante. Liz levanta uma sobrancelha e olha para mim, do mesmo modo que mamãe faz quando está decepcionada com o meu comportamento.

— Eu estava fazendo um elogio — explica Austin, na defensiva devido ao meu tom. Ele apoia um braço bronzeado no armário mais próximo. Sua camisa polo abre para revelar uma camiseta por baixo onde se lê "JUST DO IT". — Aquele lance do autógrafo foi engraçado — disse ele, enquanto acenava para alguém que acabara de passar. — Você foi a salvação. Eu ia acabar dormindo se o Sr. Klein continuasse a falar sobre as utilidades que o couro de búfalo tinha para os povos indígenas.

Liz ri.

— Boa sorte, Austin! — grita alguém que passa.

O time de lacrosse da Clark Hall está em primeiro lugar e hoje será o jogo com o maior rival, Santa Clara.

Ainda fico surpresa quando grupos de pessoas passam por mim sem me dar a mínima. Ser Rachel é como usar uma capa de invisibilidade. Na minha vida normal, alguém certamente viraria e olharia para mim, ou correria para pedir um autógrafo. Por um lado, sinto-me aliviada e, por outro, amuada por ser ignorada.

— Bem, essa não foi a minha intenção — digo ainda azeda. Um minuto o cara me insulta e em outro quer me agradar. Esse cara é demais, mesmo. — Alguns estão aqui para aprender.

— E era por isso que você estava ocupada com outra coisa em vez de assistir à aula? — provocou Austin.

Fico furiosa demais para responder.

— Não fique zangada — ri Austin percebendo minha expressão. — Só estou brincando. Meu cérebro está em curto, hoje. Fiquei acordado até tarde ontem com um dos alunos que ajudo. Ele precisava de um reforço para o projeto de ciências.

Olho de forma cética para ele. Será que ele realmente ajuda essas crianças? Eu achava que apenas Sam fizesse esse tipo de coisa.

— E depois tive de revisar meu trabalho sobre a guerra civil. Fiz o meu sobre o efeito que a guerra teve sobre os índios — acrescenta ele.

— Ah! Eu não pensei sob esse ângulo — diz Liz.

— É, na verdade, muitos lutaram para os dois lados e... — Austin para quando percebe que estou olhando para ele demonstrando curiosidade. Ele se inclina e sussurra no meu ouvido: — Tudo bem, não diga a ninguém que sou um nerd.

O cabelo dele tem cheiro de grama cortada e xampu. Não posso evitar respirar fundo. Rio nervosamente.

— Rindo de mim, Rachel Rogers? — provoca Austin.

Liz olha para mim exibindo uma expressão surpresa e sabida no seu rosto oval.

— Ah! Você lembrou meu nome, né? — respondo, recompondo-me.

— Não que você mesma tenha se apresentado. — Austin passa a mão pelo cabelo louro espetado. — Eu tive de sair perguntando depois que você fugiu naquele dia.

— Eu não ia ficar ali em pé enquanto você debochava de mim — rebato, lembrando-me de como ficara zangada com aquele encontro.

Liz fica boquiaberta.

— Debochar de você? — Austin parece confuso. — Do que você está falando?

— Eu vi você durante a aula com Lori — gaguejo. — Vocês dois estavam rindo de mim.

Ele coloca a mochila Jansport entre os pés.

— Eu estava rindo de *Lori* — diz ele, por fim.

— De *Lori*? — pergunto, ignorando as unhas de Liz nas minhas costas.

— Ela sempre se sente ameaçada quando entra uma aluna nova na Clark Hall — diz ele. — Então, ela começa a atacá-las. — Ele suspira. — Isso já está ficando chato.

Liz olha para mim com ar de "não disse?"

— Mas... Você riu todas as vezes que eu respondia errado! — insisto.

— Foi engraçado — explica Austin. — Você estava uma graça.

— Ah!

Sinto meu rosto queimar. Agora me sentia burra. Mas é difícil imaginar como Rachel podia parecer uma graça com aquele cabelo castanho e com as roupas que usava. Exótica, talvez, mas uma graça? Antes que eu possa dizer algo meu Sidekick começa a vibrar. Tiro-o do bolso e olho para a mensagem.

FUTUREPREZ: Urgente! Ligue imediatamente!!!!!!

— Tenho de ir — aviso a ambos.

— O que vocês vão fazer na sexta à noite? — pergunta Austin.

Liz olha para mim.

— Ainda não sei, por quê?

— Vocês vão à festa de Lori? — pergunta ele, olhando diretamente para mim com seus olhos turquesa. Desvio o olhar. — Estava pensando em chamar Beth e Allison na aula de biologia.

— Nós ainda não sabíamos sobre essa festa — comenta Liz friamente.

Mesmo que fosse na casa de Lori, eu estava doida para ir a uma dessas festas da escola sobre as quais Liz sempre falava. Tento visualizar minha agenda. Droga! Sexta-feira é a festa de encerramento de *Family Affair* na casa da Sky. Bem, tenho certeza de que poderia ficar um pouco na festa na casa de Lori e depois correr para a casa de Sky. As festas dela nunca começavam na hora mesmo.

— Estarei lá — respondo rapidamente.

— Ótimo! — Austin coloca a mochila em um dos ombros. — É na Harvard Street, número 429. — E sai pelo corredor. — Não se esqueça! — diz ele, voltando-se para nós.

Assim que ele some de vista, Liz belisca meu braço.

— Ai! Por que isso? — pergunto, alisando meu suéter de poliéster verde. Tenho de lembrar de pedir a Nadine para comprar apenas roupas de algodão.

— Lori Peters? Eu odeio as festas dela — geme Liz.

Lanço um olhar suplicante para ela.

— Não fui a nenhuma festa ainda — protesto.

Liz esfrega a testa.

— Tudo bem. Acho que posso aguentar por pouco tempo — concede ela. — Tenho aula de kickboxing no sábado de manhã.

Dou um pulo. Meu Sidekick vibra novamente. Olho para a tela.

FUTUREPREZ: LIGUE AGORA! É SÉRIO!

Pergunto-me o que pode estar errado. Pego o celular e disco o número de Nadine.

— Além disso, vai ser engraçado ver você fingir que não gosta de Austin.

— Do que você está falando? — pergunto antes de apertar a tecla para completar a ligação.

— Austin está gostando de você — geme Liz. — Ou devo dizer que ele gosta de Rachel Rogers. Mas não faço ideia do porquê. — Agora é a minha vez de socá-la. Ela ri. — É só uma questão de tempo antes de ele dispensar Lori. Eles estão prestes a terminar há semanas.

Eu continuo olhando para a frente. Estou acostumada a me esquivar de perguntas. E Liz não vai me encurralar.

— Sei que você acha que ele é bonito — afirma ela. — Ele se parece com Chad Michael Murray e você acha ele bonito.

— Eu nunca disse isso. Além disso, acho Austin metido demais para o meu gosto.

— Você *gosta* de caras metidos — opõe-se Liz. — Sempre que você me obriga a assistir ao *Império contra-ataca*, você diz como Han Solo é sarcástico e charmoso.

— Isso é completamente diferente — digo e aciono a ligação.

Nadine atende no primeiro toque.

— Se você está dizendo — responde Liz, sem conseguir parar de rir.

— POR QUE DEMOROU TANTO? — grita Nadine.

Ouço os gritos de mamãe e Laney ao fundo.

— Qual é o problema? — pergunto colocando a mão no peito.

Liz olha para mim, preocupada.

— Você tem de encontrar Rodney no pátio agora — berra Nadine sobre a algazarra. — Seth acabou de ligar. Hutch Adams quer encontrá-la para falar sobre o filme.

— Ai, meu Deus! Ai, meu Deus! — digo, tentando recuperar o fôlego.

— Rodney vai levá-la para lá o mais rápido possível — orienta-me Nadine. — Sua mãe entregou a ele seus jeans Chloe favoritos e uma camiseta da Stella McCartney. Está tudo no carro.

— O quê? O que aconteceu? — pergunta Liz, puxando o meu braço.

Coloco a mão sobre o fone e digo.

— É Hutch Adams! Ele quer conversar comigo sobre o filme.

Estou tão nervosa que sinto a voz tremer. Nunca imaginei que isso pudesse acontecer. Agora o que farei se conseguir o filme? Sair da escola? Sim, responde uma voz na minha cabeça. Você sempre quis trabalhar com ele. Não, diz outra voz. Você está na escola há apenas algumas semanas. Bloqueio as duas vozes.

— Estou a caminho — murmuro calmamente para Nadine.

Desligo o celular e corro até o pátio, onde Rodney estacionou. Liz segue atrás de mim. Assim que chegamos ao gramado, vejo o sedan preto estacionado.

— Deseje-me sorte — peço de forma distraída.

— Você vai se trocar, não vai? — pergunta Liz, franzindo o cenho, olhando para minha roupa. Eu aceno com a cabeça. — Ligue-me assim que acabar — grita ela.

Sem conseguir falar, concordo com a cabeça e abro a porta do carro.

— Olá, Rach! — sorri Rodney.

Por um momento eu penso que entrei no carro errado. Então eu me lembro.

— Chame-me de Kates, Rodney — rio nervosamente. — Caso contrário, posso esquecer o meu próprio nome quando encontrar Hutch Adams!

Troco de roupa no banco de trás do carro, enquanto Rodney cruza o Wagman Cruise Studio, onde Hutch Adams tem um escritório. Termino de me arrumar e então coloco minhas sandálias de tiras da Jimmy Choo. Aaaah! Já me sinto melhor.

Nunca encontrei Hutch Adams antes. Apenas o vi de longe no último show AFI Life Achievement Awards. (Implorei a

Laney que conseguisse ingressos para mim.) Sinto que posso vomitar a qualquer momento. Respiro devagar e saio de forma confiante do carro, enquanto Rodney segura a porta.

O escritório de Hutch Adams fica em um prédio baixo de tijolos com janelas grandes. Pisamos de forma reverente no corredor estreito, cujas paredes estão decoradas com os pôsteres dos filmes anteriores de Hutch Adams. Passamos por *Estacas Parte Dois* (seu único desastre), *Amnésia Chamada à ação*. Fico tonta só de olhar para esses cartazes e imaginar o meu nome em um futuro pôster.

Tento me acalmar dizendo para mim mesma que não quero um papel nesse filme, pois quero continuar na Clark Hall. Clark... MEU DEUS! Acabei de lembrar que tenho uma prova de matemática amanhã e que esqueci meu caderno no armário da escola!

Tudo bem. Vamos lidar com um problema de cada vez. Primeiro tenho de lidar com essa entrevista com Hutch Adams. Basta entrar e sorrir. Dizer que estou honrada por ele ter telefonado, convidando-me para fazer um teste e dizer que, no momento, estou ocupada. Agradecer a ele por ter passado tempo comigo, afirmando que tenho certeza de que teremos oportunidade de trabalharmos juntos novamente quando nossas agendas estiverem em sincronia...

AAAAH! Tudo bem! Estou mentindo para mim mesma. Esse é o papel de uma vida. Ele é o meu ídolo. É o trabalho com o qual sempre sonhei!

Estamos falando de Hutch Adams. A quem estou querendo enganar? Vou implorar pelo papel se isso for necessário.

DEZ   *A festa de Lori*

— ... Então, depois ele disse que é um fã de *Family Affair*! E que as sobrinhas dele o obrigam a assistir sempre o programa! — Conto pela centésima vez para Liz e Nadine.

Ambas estão acampadas no meu quarto, escolhendo algo no meu guarda-roupa para Rachel usar na festa de Lori hoje à noite.

Ando pelo quarto e me jogo na cama.

— Dá para acreditar que Hutch Adams está pensando em mim para um papel no seu próximo projeto? EM MIM! Ele nem me pediu para fazer o teste. Apenas assistiu a fitas de outros trabalhos e, então, se ele gostar do que vir, chama a pessoa para um encontro a fim de estudar a aura — explico sem ar. — Ele quer ter certeza de que as auras combinam.

— Ele está analisando a aura de quantas outras garotas? — pergunta Nadine de forma seca.

— Várias — admito. — Mas eu não vou me preocupar ainda. Aquele bonsai que enviei como agradecimento deve lembrá-lo de minha aura sempre que ele passar pela mesa dele.

Segredo número 11 de Hollywood: Os atores e atrizes nem sempre precisam fazer um teste para conseguir um papel. Quando você é uma grande estrela e pode se bancar (como Tom Hanks e Tom Cruise), você pode escolher o papel que deseja sem ter de decorar uma linha sequer para uma cena de teste. Agentes, diretores e produtores de elenco procuram você com a promessa de pagamentos lucrativos, participação nos direitos e chances de concorrer ao Oscar. Mas quando você é como eu, uma jovem estrela tentando provar que tem talento para fazer outra coisa além de comédias para o público adolescente e séries melodramáticas para TV, você tem de lutar.

— Para alguém que não queria trabalhar nessas férias, você está bem empolgada com essa reunião — provoca Nadine ajeitando os óculos e olhando para mim de forma pensativa.

Sento-me e aliso o edredom.

— É, eu sei. Mas estamos falando de Hutch Adams. Eu não poderia recusar um encontro. — Nadine e Liz trocam olhares. — Tudo bem, eu quero isso — acabo admitindo, pulando no colchão. — Satisfeitas?

— Sim — responde Nadine de forma presunçosa. — Eu só queria ouvir você admitindo.

— Sinto-me dividida — acrescento. — Gosto de ir à escola e ter amigos da minha idade e professores que fazem perguntas que não têm nada a ver com iluminação e maquiagem. Essas coisas fazem com que eu me sinta uma pessoa de verdade. — Franzo a testa. — Mas também quero fazer o filme de Hutch Adams. A personagem que eu representaria está fugindo para salvar a própria vida durante metade do filme, então eu teria de saltar de asa-delta, lutar caratê, além de fazer uma grande cena de luta. — Mordo o lábio. — O que há de errado comigo?

— Nada — grita Liz, que está no meu closet, procurando uma saia para eu usar. — Você quer tudo, assim como todo mundo. — Eu dou de ombros. — Então, qual é o nome do filme? — pergunta ela.

— *Projeto de Hutch Adams sem título definido* — pronuncia Nadine. — Bem típico de Hollywood. Dar carta-branca para um projeto sem título.

— *Projeto de Hutch Adams sem título definido* parece bom — anima-se Liz. — Então, quando você terá uma resposta?

— Em algumas semanas — respondo, puxando uma mecha do meu cabelo. — Hutch me disse que ele tem de esperar que a decisão chegue até ele.

— Então, vamos nos concentrar no que está acontecendo agora — ordena Liz. — Primeiro o que vem primeiro. Com que roupa você vai hoje à noite? Temos de pegar Beth e Allison daqui a meia hora.

Nadine me mostra um suéter de poliéster verde-exército com etiquetas da Discount World ainda presas a ele e uma minissaia jeans com bainha desfiada.

— O que você acha? — pergunta ela.

Eu gemo e continuo procurando nas roupas de Rachel. Deve haver algo que eu possa usar em uma festa. Talvez se eu pudesse escolher algo no meu próprio guarda-roupa.

— Não vou usar nada de poliéster. Posso usar o meu Blue Cults — imploro. — Talvez Rachel tenha trabalhado como babá e comprado a peça.

— Não condiz com o personagem — responde Liz, discordando.

— Mas eu fico tão bonita — protesto. — Não posso ficar linda sem usar as minhas coisas!

Não quero admitir mas estou imaginando como Austin verá Rachel.

— Use o Blue Cults na festa de Sky — instrui Nadine. — Você pode trocar de roupa no carro no caminho para lá.

— Tudo bem — concordo de má vontade.

— E não se esqueça, Cinderela — provoca Nadine. — Você vira abóbora às dez, quando Rodney pegará você para a festa de *Family Affair*.

Bato no relógio barato de plástico Timex que Nadine comprou para mim.

— Entendi — respondo.

Uma hora e meia depois, com Beth e Allison nos acompanhando, o pai de Liz para o carro em frente à casa de Lori. Tenho de admitir que o lugar é bonito, mesmo do lado de fora. A casa estilo Tudor da virada do século é circundada por um jardim verdejante. Atrás da casa, consigo visualizar uma casa de empregada e uma piscina.

— O que os pais de Lori fazem na vida? — pergunto, fingindo estar impressionada como imagino que Rachel ficaria, embora todos que eu conheça vivam em mansões tão grandes ou maiores do que esta.

— Ambos são médicos — explica Beth enquanto andamos pela alameda.

Beth havia prendido os cabelos encaracolados em um rabo de cavalo baixo e passava a mão alisando seu suéter com decote em V rosa, com o qual havia combinado calças jeans que haviam sido arruinadas durante o trabalho de babá que fizera aquela tarde. As manchas vermelhas e verdes nos joelhos acabaram dando um toque legal no visual.

— O pai de Lori é cirurgião plástico e a mãe, dermatologista — acrescenta Beth. — Eles atendem muitos clientes de Hollywood. — A mãe de Lori foi quem removeu o sinal de Sly Stevens.

Chegamos à porta de entrada com Liz na dianteira. Estou feliz por estar usando minhas sandálias pretas brilhosas, pois elas fazem com que meus pés pareçam menores. Estou quase bonita com a minha saia jeans Levi's na altura do joelho e um top verde-exército bordado com lantejoulas.

A porta da casa está destrancada e Liz a abre. Nós quatro entramos, enquanto o aparelho de som emite as notas de Maroon 5. À minha direita, as pessoas estão em um canto dançando. Bem em frente, vejo Lori entretendo um grupo de admiradores, de ambos os sexos, na cozinha.

— Disse para minha mãe que o feriado de Páscoa não seria bom se não fôssemos para o Taiti — ouço Lori dizer à turma enquanto passamos despercebidas. Vejo que ela está usando um vestido Velma de alças bordado *totalmente* da coleção passada. — Ela queria fazer um jantar familiar aqui em casa, mas quem faz isso?

Liz me empurra através de um mar de gente que enche o corredor, procurando um lugar para nós. Perdemos Beth em algum lugar perto do banheiro, quando Rob Murray a chamou para mostrar-lhe como conseguia equilibrar colheres de prata no nariz.

— Ela é muito a fim dele — declara Allison quando, finalmente, encontramos um lugar no terraço dos fundos. Ela está vestindo uma minissaia cáqui, exibindo suas lindas pernas de dançarina. — Eu acho que ele é bobo. Rachel, fique longe dos garotos americanos. Eles não passam de fracassados.

— Na Inglaterra, temos alguns rapazes distintos — comento, sem prestar muita atenção.

Na verdade, estou procurando Austin no meio da multidão.

— Vocês têm muitos caras bonitinhos por lá — diz Allison. — Orlando Bloom é maravilhoso. Além do príncipe William e Jonathan Rhys Meyers...

— Muito gato — concorda Liz. — Ele está demais em *Driblando o destino*.

— Exatamente — continua Allison. — E Hugh Grant.

— Velho, mas bonito — afirma Liz. — Adoro quando ele dança descendo as escadas em *Simplesmente amor*.

— Não esqueça de Ewan McGregor — acrescento. — Ele está fantástico como Obi-Wan Kenobi.

— O-bee, o quê? — pergunta Allison.

— Você está brincando, não? — exclamo. — Você não viu os novos filmes da saga *Guerra nas estrelas*?

— Não gosto de ficção científica — diz Allison, empinando o nariz.

Liz ri, deixando claro que eu vou perder tempo.

— Mas não se trata apenas de ficção científica — protesto. — Há romance e drama, além de todas as questões sobre o bem e o mal...

— E eles têm tropas especiais e Darth Maul — ouço alguém dizer.

Viro-me. É Austin. Ele está usando uma camisa polo com o seu número do time de lacrosse bordado no bolso e está lindo. Mordo o lábio. Sinto-me tola por ter perdido a calma nas duas vezes em que conversamos.

— Você está falando sério sobre *Guerra nas estrelas*? — pergunta ele enquanto Allison e Liz nos olham em silêncio.

— Sou *doida* por eles. Tenho bom gosto — respondo friamente. — Nem todas as garotas gostam apenas de comédias românticas.

Decidi não mencionar o fato de que eu também às vezes assisto a esse tipo de filme.

— Vou pegar uma bebida — diz Liz com um sorriso zombeteiro. — Ali, você vem comigo?

— Claro — concorda ela. — Vamos deixar esses nerds sozinhos.

— Por que os fãs de ficção científica sempre são chamados de nerds? — pergunta Austin logo depois que elas saem.

Eu rio.

— Por que não somos considerados mentes à frente de seu tempo?

Austin e eu conversamos sobre *Guerra nas estrelas* durante o tempo em que o CD de Maroon 5 toca. Ele foi corajoso o suficiente para me contar que, quando tinha 7 anos, gritou a primeira vez que viu Darth Vader morrer. E foi muito legal da parte dele ter visto os filmes com a irmã mais nova, Hayley. Estou me divertindo conversando com um cara que, na verdade, está interessado no que eu tenho a dizer, em vez de no que eu faço para viver. Além disso, sou obrigada a reconhecer, o perfume de Austin é muito bom. (Será que ele usa Eternity?) E sua aparência é ainda melhor. (Quem conhece um cara que se preocupa em usar produtos para o cabelo? Austin me fez jurar que não contaria a ninguém que ele usa produtos da Aveda.)

— Acho que deveríamos marcar um fim de semana para uma maratona *Guerra nas estrelas* — sugere Austin. — Sempre quis assistir aos seis de uma vez só, do início ao fim.

Sinto que estou ficando vermelha. A ideia de um fim de semana com Austin parece muito boa. Mas e quanto a Lori? Ele olha para mim de forma interrogativa.

— A ideia é ótima. Mas não tenho nenhum final de semana livre por enquanto — respondo, tentando não olhá-lo nos olhos. — Eu entreguei meu trabalho de história atrasado e agora o Sr. Klein quer que eu faça outro trabalho para recuperar a minha nota.

— Vamos fazer um trato? — propõe Austin. — Já vi você resolvendo as equações de matemática. Então, se você me ajudar em geometria, eu tento ajudá-la com o seu trabalho. — Ele dá um sorriso maravilhoso. — Não estou surpreso por você estar com dificuldades em história. A única coisa que vocês, ingleses, sabem sobre a história norte-americana é a Festa do Chá de Boston.

— Engraçadinho — respondo, revirando os olhos. O que eu tenho a perder? — Tudo bem, temos um trato — afirmo, estendendo a mão.

— Ótimo, porque preciso aumentar o C que tirei em geometria senão estou ferrado. — Austin dá um aperto de mão firme e eu posso sentir que elas são ásperas devido ao manejo do bastão de lacrosse. — Tenho de manter uma média B para continuar no time de lacrosse. — Ele continua segurando a minha mão. — O que você acha de nos encontrarmos na segunda-feira depois da escola?

— Tudo bem, para mim — respondo, puxando a mão.

Tenho de me lembrar de que ele tem namorada.

Estou prestes a perguntar a Austin o que ele acha de Jar Jar Binks, quando sinto algo gelado e molhado no meu pescoço. Eca! Viro-me e vejo que a parte de trás da minha blusa e parte da minha saia estão encharcadas. Atrás de mim está Lori com uma xícara vazia.

— Sinto muito, devo ter escorregado.

Ela nem ao menos tenta parecer sincera. Essa garota é como Sky Mackenzie. Não posso acreditar que não previ uma situação dessas.

Austin parece chateado.

— Fique aqui — ordena ele enquanto sacudo a blusa. — Vou pegar alguns guardanapos.

— Acho que isso pode manchar — afirma Lori quando Austin já havia se afastado. — Não acho que refrigerante sai do material usado pela Discount World. — Ela joga o cabelo platinado para trás.

Sinto-me tentada a jogar a minha Coca-Cola nela. Também acho que não sairá do vestido que ela está usando. Dou um passo na direção dela e ela me olha de forma presunçosa.

— Lori, venha. Estamos vendo o episódio de *Family Affair* da semana passada — ouço sua amiga, Jessie, gemer. — A Sam acabou de ser sequestrada.

— Não precisa esperar por Austin — diz Lori de forma grosseira, ignorando o chamado de Jessie. — Tenho certeza de que ele já se esqueceu de você, assim como as demais pessoas nessa festa. Com um rosto desses, não há nada a ser lembrado.

Olho para Lori, sentindo-me tentada a dizer exatamente o que penso dela.

— Acho que isso significa que você deve ir embora agora — acrescenta Lori.

— LORI! Você me ouviu? Sam está presa e ameaçada com uma faca em seu rosto por um sequestrador! — grita Jessie. — Traga a inglesa com você.

— Essa inglesa tem coisas melhores para fazer do que ficar aqui — respondo com raiva.

Olho no relógio. São nove e meia. Tenho de começar a me arrumar, de qualquer forma, e não há motivos para esperar por Austin. Provavelmente, ele não voltará.

— Se você me der licença, tenho de encontrar as minhas amigas — digo.

— É bom você não perdê-las — ouço Lori gritar, enquanto abro caminho entre as pessoas que estão no terraço. — Afinal, você não tem muitas!

Talvez eu estivesse errada sobre esse lance da escola. Em Hollywood, as pessoas me respeitam. Pelo menos quando estamos cara a cara.

Sexta-feira, 26/3

OBSERVAÇÕES PARA MIM

Enviar um bilhete efusivo de agradecimento a Hutch Adams (para que ele continue pensando em minha aura!)

Comprar um presente de aniversário para Rodney!

Pensar em um momento da história americana (Festa do Chá em Boston?)

ONZE   *O céu é o limite*

SEGREDO NÚMERO 12 DE HOLLYWOOD: A casa das estrelas nunca é tão fabulosa quanto parece ser nas páginas das revistas. A verdade é que as revistas estão tão desesperadas para conseguir entrar na intimidade das estrelas que farão qualquer coisa para conseguir que o artista abra as portas de sua casa. Ainda não teve tempo de acabar de decorar o seu apartamento em Malibu? Não tem problema. A revista vai contratar um decorador de interiores para acrescentar os toques finais — desde arranjos de flores naturais para a mesa da cozinha, até as almofadas de cetim sobre o sofá. Algumas vezes eles chegam a trazer móveis novos. Uma revista estava tão ansiosa para mostrar o apartamento da minha amiga Gina que ofereceu uma reforma completa feita pela Home Du Jour *de graça* se ela concordasse em deixar que eles fotografassem o resultado. (É claro que ela aceitou. Quem não aceitaria?)

Tenho a impressão de que a casa de Sky passou pelo mesmo tratamento. A empregada sem graça de Sky pega meu casaco da Burberry, que revelava uma blusa creme da Chloe e calças jeans que eu trocara no carro. Enquanto ela me acompanha até a sala, reconheço pelo menos uma dúzia de peças da elegante loja de móveis Destination Home. Lustres de cristal, tapetes persas, sofás de couro, até mesmo quadros monocromáticos, tudo gritava o nome da loja. Sei disso porque mamãe me leva com ela todas as vezes que vai à Destination Home para redecorar um cômodo, o que acontece quase todo mês.

Sky nunca admitiria porque isso faria com que parecesse uma impostora, mas acho que a loja decorou sua casa depois que ela permitiu que a revista *Life and Style* a mostrasse para a capa da edição de alguns meses atrás.

Espere aí. Talvez o que você esteja se perguntando seja: por que eu nunca visitei a casa de Sky antes? Nesse momento, estou apenas cumprindo o meu dever de membro do elenco de *Family Affair*. E isso é tudo. Tom queria que todos assistíssemos juntos à fita com o episódio final da temporada (algo sobre levantar o moral do elenco) e Sky se ofereceu — ou, melhor, insistiu — para que a exibição ocorresse em sua casa.

Sky entregou em mãos os convites cor de cereja onde se lia:

"Foi uma temporada difícil para todos, então, eu gostaria, a pedido de Tom, que todos nos aquecêssemos no brilho de nossos esforços bem-sucedidos e nos reuníssemos para um jantar íntimo na mansão dos meus pais."

"Íntimo" inclui cinco pessoas da equipe da *Access Hollywood* que ela convidou para filmar a festa.

A empregada de Sky me leva por um longo corredor decorado com fotos de Sky. Como é filha única, os pais devotavam suas vidas à carreira dela (a mãe de Sky também é sua agente). Assim como os meus.

Examino todas as fotos do corredor com o canto dos olhos. Há uma foto de Sky com o elenco de *Family Affair* no Emmy do ano passado... Sky no MTV Movie Awards... Sky abraçando Tom Cruise em uma festa beneficente... Sky ainda criança no set de *Family Affair*... Espere! Parece que essa foto foi cortada. Olho mais de perto e vejo dedinhos rechonchudos e cabelos louros. Ei! Eles me cortaram da foto!

— Kaitlin, aí está você — cumprimenta-me Melissa, que representa minha mãe, Paige.

Ela me dá um forte abraço. Seus cabelos longos e negros caem em volta do blazer branco cintado que usava combinando com jeans Lucky justos e sandálias de salto coral.

— Sinto muito ter chegado atrasada. — Dou um beijo em seu rosto. — O trânsito estava ruim e demoramos o dobro de tempo para chegar aqui.

— Desde que você esteja bem. Fiquei preocupada.

Ela sorri. Mesmo quando não estamos em cena, Melli é totalmente maternal comigo, e tenho de admitir que adoro isso.

— Estamos reunidos na sala de televisão esperando o show começar — diz ela, pegando o meu braço. — A mãe de Sky estava nos distraindo contando histórias sobre o teste para *Family Affair* — informa-me Melli, piscando o olho para mim.

Eu ri. Enquanto descemos os degraus que levam a uma grande e moderna sala decorada com sofás coloridos e esculturas abstratas, posso ver a maioria da equipe e do elenco se entrosando. Todos parecem estar rindo e se divertindo, como se não se vissem há anos. Percebo que é bom estarmos juntos novamente. Esse grupo é a minha segunda família. De repente, alguém vem por trás de mim, me pega pela cintura e me balança no ar.

— Kates, você veio! — exclama Trevor. — Sky disse que não tinha certeza se você viria, pois não confirmou a presença.

— Engraçado, deixei uma mensagem no celular dela. — Dou um abraço de urso em Trevor e ele me coloca no chão. — Acho que ela não deve ter ouvido.

— K., você veio — anuncia Sky de forma dramática.

Ela está usando um vestido longo de cetim vermelho. Será que deveríamos nos vestir a rigor para esse evento? Olho para Melli e para Trevor. Ambos estão usando jeans, como eu.

— São dez e meia e eu disse a todos que achava que você não viria — acrescentou ela. — Você não confirmou presença.

— Confirmei *sim*.

Mas ela simplesmente me ignora.

— Perder o episódio final da temporada... — Sky baixa o olhar, parecendo triste. — Eu disse a Tom que você provavelmente não queria estar no mesmo lugar que eu.

Ela funga e enxuga uma lágrima imaginária dos olhos. Quando quer, ela sabe mesmo representar.

— Acho que está na hora de deixar a última temporada para trás — sugere Melli de forma efusiva. — Vou precisar muito de vocês duas para sobreviver ao acidente de carro!

No final da temporada, o carro de Paige está pendurado em uma ribanceira.

Sky e eu sorrimos sem graça. Nenhuma de nós gosta de brigar na frente de Melli. Afinal, ela se parece muito com nossas mães.

— Aí está você, Kaitlin! — exclama Tom, aproximando-se com uma bandeja de camarões fritos. — Está servida? Isso está maravilhoso! — ele come um e oferece a bandeja para Trevor.

— Onde você encomendou isso? — pergunta ele a Sky.

— Nós usamos o mesmo serviço de bufê que Demi — responde ela. — Demi e Ashton são antigos amigos da família. Já nos conhecemos há um tempão.

— Antigos? — repete Trevor, parecendo confuso. — Mas eu pensei que Ashton só tivesse 20 e poucos anos.

— É jeito de dizer, querido — explica Sky, com um sorriso amarelo. Trevor pega mais um camarão e o enfia inteiro dentro da boca. — Por que não conseguimos um lugar para você no sofá bem ao meu lado?

Ela se afasta, levando Trevor como um cachorrinho, ainda com o prato de camarões na mão.

— Daqui a cinco minutos o show vai começar — grita Sky enquanto coloca Trevor sentado ao lado dela no sofá de couro branco. — É melhor todos se sentarem.

Reviro os olhos e Melli percebe.

— Ela só quer que todos gostem dela, Kates — diz Melli, colocando a mão no meu ombro. Agora, estou me sentindo culpada.

Alguém diminui as luzes. Melli, Tom e eu nos sentamos. A TV de plasma de cinquenta polegadas de Sky é grande o suficiente para que você consiga ver de qualquer lugar do aposento. A primeira meia hora do programa passa rapidamente:

Sara e Sam encontram Krystal na igreja para um confronto sobre a gravidez de Krystal. Em outro lugar, Penelope aparece na casa de Paige e Dennis e tenta seduzir o cunhado. A cena vai para Paige, sozinha entrando na limusine que a levará até a igreja. Mas espere, esse não é um motorista qualquer. É o namorado de Penelope! Por que ele estaria dirigindo a limusine?

Quando as luzes são acesas para os comerciais, abro caminho até o bar que foi montado na sala de jantar para pegar refrigerantes para Tom e Melli e para mim. Aparentemente, Sky teve a mesma ideia.

— Como está, K.? — pergunta ela, quando me aproximo. — Quero um Red Bull — pede ela ao bartender.

— Tudo ótimo, Sky — respondo com um largo sorriso.

Não quero nenhum problema com ela esta noite. Terei de passar mais uma hora no mesmo lugar que ela, mas depois ficarei um bom tempo sem ter de encontrá-la novamente.

— Você não foi à festa da Motorola da semana passada — diz ela em tom acusador. — Ou na Havana Fiesta em L'Ermitage.

— É, eu não pude ir — explico, tentando pensar rápido. — Tive uma reunião sobre um possível projeto no verão.

— É, eu soube — responde Sky friamente. — *Projeto de Hutch Adams sem título definido*. Meu agente está tentando marcar uma entrevista com Hutch também.

Sinto meu estômago revirar.

— Você... vai fazer um teste? — gaguejo. Sinto o sangue correr mais rápido nas veias. Eu *não posso* perder esse papel para Sky Mackenzie. — Achei que você já tivesse um projeto para o verão.

— Eu tenho — explicou Sky, ajeitando o pingente de diamantes em forma de S. — É uma minissérie para a NBC que será gravada por um mês no México. Meu papel é o de uma adolescente fugitiva que descobre um plano para assassinar o presidente e tem de fazer tudo para impedir que isso aconteça. Shiva Snow será a agente do FBI a minha procura. Mas, depois disso, terei bastante tempo para fazer o filme de Hutch.

Ela olha para o meu rosto em busca de alguma reação.

— Que legal — digo, pegando os refrigerantes e tentando tirar a imagem de Sky conseguindo o papel para o filme de Hutch Adams da minha cabeça. — Boa sorte com a minissérie.

— É, vai ser muito difícil — acrescenta ela. — Filmaremos em regiões bem remotas e áridas do México e teremos de usar roupas da Discount World.

Ela dá de ombros e, por um instante, eu a compreendo.

— Melhor irmos antes que apaguem as luzes novamente — digo, equilibrando as bebidas nas mãos.

Assim que entrego as bebidas a Tom e Melli, meu Sidekick começa a tocar.

FUTUREPREZ: Ligue para Beth: 868-4321
PRINCESALEIA25: P Q?
FUTUREPREZ: Ela ligou. Parece que é uma emergência.

Nadine comprou um telefone celular que eu estava usando para as ligações da escola.

PRINCESA LEIA25: O que v· disse?

FUTUREPREZ: Sou sua mãe

PRINCESALEIA25: Ah!

FUTUREPREZ: Ligue logo!!!

PRINCESALEIA25: Faça-me um favor. Ligue para Laney. Sky disse que fará um teste para o projeto de Hutch.

FUTUREPREZ: Sério?

PRINCESALEIA25: Infelizmente, sim.

FUTUREPREZ: OK, já estou discando.

Ouço Tom pigarrear.

— Sinto muito — sussurro para ele. — Era minha mãe. Tenho de ligar para ela, mas volto logo.

Saio de fininho, esperando que ninguém note a minha ausência. Quando passo pelas portas de vaivém da cozinha, decido que esse é o lugar perfeito para eu fazer a ligação. O chef está ocupado gritando ordens para os assistentes que estão preparando as tortinhas de frutas e as bombas de creme e chocolate, enquanto os garçons continuam correndo de um lado para o outro, com bandejas de camarão frito, torradas com tiras de filé-mignon e casquinhas de siri.

Ninguém me ouvirá se eu fizer a ligação daqui. Olho em volta mais uma vez para me certificar de que Sky não está por perto e disco o número.

— ALÔ — grita alguém. Ouço a música alta ao fundo.

— Sou eu, hã... Rachel — digo, quase esquecendo quem sou eu no momento. — Eu estava no banheiro.

— Você está me ouvindo? — grita Beth. — Estou com Liz e Allison.

Liz? Por que será que ela deixou que Beth me ligasse quando sabia perfeitamente bem onde eu estava.

— Sim, posso ouvi-la. — Olho para a porta. Até agora sem problemas. — Aconteceu alguma coisa? Mamãe disse que era uma emergência.

— Você perdeu — grita Beth. — Austin e Lori tiveram uma GRANDE briga e terminaram!

— O quê? — Estou chocada. Acabei de vê-lo há uma hora, embora parecesse que o encontro acontecera em outro planeta. — Por quê?

— Por SUA causa — berra ela. Ouço Liz vibrar no fundo "Vai, Rach!" — Ele gritou com ela por ter jogado refrigerante em você ou algo do tipo e disse que já estava cansado dos joguinhos dela e que não aguentava mais as cenas de ciúme e que estava tudo ACABADO. Lori jogou uma bandeja de *nachos* nele e disse que a festa tinha acabado. Agora ela está ocupada expulsando todos da casa. Acredita? Austin terminou com Lori por sua causa!

Na verdade, eu não consigo acreditar. Isso é loucura! Agora eu não precisaria lidar com Lori. Mas espere! Austin está solteiro? *O que eu estou pensando?* Eu deveria estar me concentrando em conseguir o papel no filme de Hutch Adams.

Um garçom atrás de mim derruba uma bandeja no chão. O chef mais próximo de mim começa a xingá-lo em francês. Humm, talvez ele possa me ajudar com o meu dever de casa de francês.

— O que foi isso? — pergunta Beth.

— Eu derrubei o maldito telefone — respondo, nervosa. — Já está tarde e eu tenho de desligar...

— Terrível esse horário que você tem de seguir — disse Beth, lembrando-me da desculpa que dei para sair cedo da festa. — Não se preocupe. Ligue para mim amanhã e eu lhe darei mais detalhes.

Desligo o telefone. O garçom derruba mais uma bandeja de bombas de chocolate e de morango e nem pisco. Tenho de ligar para Liz assim que sair daqui para descobrir mais detalhes sobre esse lance de Lori e Austin e para contar a ela sobre o interesse de Sky pelo projeto de Hutch Adams.

Sigo em direção à porta de vaivém da cozinha e ela se abre em minha direção, quase batendo no meu rosto. Quando ela se abre de novo, vejo Sky se afastando rapidamente.

Ai, meu Deus! Será que ela me ouviu?

DOZE *Um encontro para estudar*

Na escola na segunda-feira, deparo-me com duas razões para uma dor de cabeça. Primeiro, na aula do Sr. Klein, sento-me atrás de Lori, que provavelmente quer me envenenar depois do rompimento com Austin. O segundo problema é o que Lori está segurando na mão de unhas pintadas. No momento em que me sento, vejo a capa de *Sizzling Celebs* com uma grande fotografia minha na estreia de *Off-Key*. Ao lado da foto, com letras enormes, lê-se:

POR QUE KAITLIN BURKE ESTÁ SE ESCONDENDO?

NO INTERVALO DAS FILMAGENS DA SÉRIE *FAMILY AFFAIR*, A MENINA DE OURO DA TV NÃO DEVERIA ESTAR SE DIVERTINDO? O VERDADEIRO MOTIVO DE SEU SUMIÇO DE HOLLYWOOD NA PÁGINA 10!

Só de ler isso, sinto-me tonta. SERÁ QUE ALGUÉM DESCOBRIU O QUE EU ESTOU FAZENDO? Quando Liz chega alguns minutos depois de mim, percebe a expressão do meu rosto.

— O que foi? — cochicha ela, colocando os livros na carteira ao lado da minha.

Indico Lori com a cabeça. Liz vê a capa e dá uma piscada para mim.

— Oi, Lori — cumprimenta Liz animadamente.

Lori não se dá o trabalho de levantar a cabeça, folheando a revista.

— Sim, eu estou bem. *Não*, Austin não me dispensou. Fui eu quem o dispensei, OK? — responde ela. — Fim da história. — Então, ela olha para cima e vê Liz. — Ah, é *você*. O que quer?

— Na verdade, eu queria saber sobre esse artigo da *Sizzling Celebs*. A minha ainda não chegou — afirma Liz.

Liz estava usando um top verde-claro engraçado com a estampa HUGS NOT DRUGS. Ela estava charmosa com a saia jeans desfiada e as sandálias douradas.

— Oh!

Lori jogou o cabelo de forma casual para o lado. Desde que fui banida do meu guarda-roupa para representar Rachel, fiquei obcecada com as roupas dos outros. A camiseta preta da Dior que Lori está usando combinando com jeans da Blue Cult estão demais e eu chego a babar. Eu, por outro lado, estou usando um top amarelo-claro com decote V da Discount World e uma saia xadrez que pinica muito.

— Não gosto de assinaturas — responde Lori. — Meu chofer providencia um exemplar para mim assim que a revista chega nas bancas. Gosto de ser a primeira a saber das coisas.

Reviro os olhos olhando para Liz e ela me ignora.

— Que legal! Então, qual é o lance com Kaitlin Burke? — pergunta Liz apontando para a capa.

Lori suspira.

— Ela está destruindo a carreira dela.

Enterro as unhas na minha horrível saia sintética para não gritar.

— Como? — questiona Liz, inclinando-se mais para a frente para demonstrar interesse.

— A *Sizzling Celebs* diz que ela está fazendo tudo para acabar com o romance entre Sky Mackenzie e Trevor Wainright — explica Lori. — Aparentemente, ela não conseguiu afastar Trevor de Sky e acabou virando uma reclusa, deixando de ir às festas e esse tipo de coisa.

Consigo me controlar. Mas estou fascinada. É estranho ouvir rumores maliciosos sendo espalhados sobre mim bem na minha cara.

— Nossa! — exclama Liz parecendo surpresa.

— É, parece que Kaitlin Burke está enlouquecendo — conclui Lori. — A reportagem chega a dizer que Kaitlin está pensando em abandonar a carreira já que não consegue competir com Sky por papéis. Sky está cotada para o mesmo filme que Kaitlin.

Posso sentir meu coração acelerar no peito. SKY! Ela está tentando arruinar a minha vida, mesmo quando não faz parte dela. Espere até eu contar a Laney.

— Espero que eles matem a personagem de Kaitlin em *Family Affair* — acrescenta Lori. — Ela não é tão talentosa quanto Sky.

Já chega!

— Você não pode acreditar em tudo o que lê — acabo dizendo.

Lori se vira e me olha com desdém.

— Ninguém perguntou a *sua* opinião — provoca ela.

Liz olha para mim como se eu tivesse enlouquecido. Lori começa a dizer algo, mas é interrompida pelo Sr. Klein.

— Rachel? A Sra. Pearson gostaria que fosse até a sala dela imediatamente — informa ele, depois de desligar o interfone da sala de aula. — Abram o livro no capítulo sete.

Lori lança-me um olhar presunçoso como se soubesse que estou encrencada.

Quando chego à sala da diretora, ela está me aguardando na porta.

— Rachel, você tem uma ligação. É a sua mãe. — Ela pisca o olho e sussurra: — Pode atender na minha sala.

A diretora me acompanha para dentro da sala e fecha a porta. Olho para ela de forma interrogativa e pego o telefone.

— Alô. É Rachel — digo, já que não sei com quem estou falando.

— KAITLIN? É LANEY! POR QUE VOCÊ DEMOROU TANTO? ESTOU COM REESE NA ESPERA.

Esse é um truque antigo de Laney para fazer as pessoas ficarem nervosas e eu não acredito nela.

— Oi, Laney — digo, enquanto a diretora finge ler sua correspondência. — Sinto muito. Eu estava na sala de aula, que fica em outro prédio. Qual é o problema?

— TEMOS UMA CRISE SÉRIA! — grita Laney. Ouço o som de carros no fundo. Ela deve estar dirigindo. Espero que ela esteja usando o fone de ouvido que lhe dei de presente. — SUA MÃE E NADINE ESTÃO NA LINHA TAMBÉM.

— Eu sei. Já vi a capa da *Sizzling Celebs* — respondo.

— Capa da *Sizzling Celebs*? O que é que tem na capa da *Sizzling Celebs*? — grita minha mãe. — Nosso exemplar ainda não chegou.

— ACALME-SE, MEG — ordena Laney. — TRATA-SE APENAS DE MAIS LIXO NOS TABLOIDES. TENHO DE LIGAR PARA O EDITOR-CHEFE DELES SOBRE AS FONTES QUE ELES USAM. ESTOU AMEAÇANDO PROCESSÁ-LOS.

— Isso mesmo — rosna minha mãe.

— Laney, você poderia falar mais baixo? Você está gritando no meu ouvido — reclama Nadine.

— Kaitlin, estamos fazendo essa reunião por telefone para falar sobre a lista das Adolescentes mais Famosas — declara Laney em voz mais baixa sem responder a Nadine. — *Total Teen* me informou que a mãe de Sky não permitirá que o nome da filha entre na lista se o seu nome aparecer antes do dela. Então, eu respondi que você é a maior estrela e que se o seu nome não aparecer primeiro então VOCÊ NÃO APARECERÁ DE JEITO NENHUM!

Xiiii!

— O nome de Kaitlin tem de vir primeiro. E se isso influenciar a escolha de Hutch Adams? — mamãe demonstra ansiedade no tom de voz. — Ele poderia escolher Sky porque a cotação de Kate-Kate não estava boa o suficiente.

O pensamento faz a minha cabeça latejar ainda mais.

— Temos de fazer algo — explodo, surpresa por me sentir tão aborrecida com isso.

SEGREDO NÚMERO 13 DE HOLLYWOOD: As celebridades querem aparecer nas revistas. Nas listas dos "mais". Eles podem ir ao programa da Oprah e debochar do fato de estarem na lista dos homens mais sexy pelo terceiro ano consecutivo, mas é só fachada. Garanto a você que o assessor de imprensa dele ligou para a revista quando a lista estava sendo preparada a fim de se certificar de que o nome dele estaria na lista. Essas listas são um jeito fácil de ficar bem com o público. As revistas publicam uma fotografia sua maravilhosa e escrevem um texto sobre como você é mais popular do que o presidente e melhor do que o Papa.

— Não precisa se preocupar. Fiz uma pesquisa — acalma-nos Nadine. — De acordo com os critérios da *Total Teen* para a lista das Adolescentes mais Famosas, Kates deve aparecer primeiro. Ela tem três filmes a mais do que Sky e, na temporada deste ano de *Family Affair*, o enredo de Sam foi melhor.

— MUITO BOM, NADINE — grita Laney, buzinando para comemorar. — VAMOS MOSTRAR A ELES!

— Já tiveram notícias do pessoal de Hutch? — pergunta Nadine, dando voz aos meus pensamentos.

— Tenho de ligar para o agente de Kaitie-Kat para descobrir — responde mamãe. — Ele disse que deveria ter uma resposta até o final da próxima semana. Seja qual for a decisão.

Acho que quero vomitar. Olho para a diretora e sorrio. Ela não tira os olhos de mim.

— KAITLIN, TENHO DE VOLTAR PARA REESE. NÓS SÓ QUE-REMOS QUE SAIBA O QUE ESTÁ ACONTECENDO SE ALGUÉM FI-ZER ALGUMA PERGUNTA A VOCÊ SOBRE A LISTA — berrou Laney e o telefone ficou mudo.

Quem me faria perguntas sobre a lista na escola?

A diretora olha para mim demonstrando interesse.

— Era algo sobre *Family Affair*?

Eu fiquei ali olhando para o telefone em minhas mãos.

— Era Laney, minha mãe e minha assistente. — Contorno a mesa da diretora e ela se coloca entre mim e a porta.

— Pensei que fosse Paige com algum segredo da próxima temporada — diz ela, brincando com as mãos.

Sinto vontade de rir, mas me seguro. Na verdade, é bom que a diretora seja uma fã tão ardorosa. Parece que não tenho muitos ultimamente.

— Diretora Pearson — digo com voz gentil. — A temporada acabou de terminar. Nem o elenco pode prever o que acontecerá por alguns meses ainda.

— Não posso esperar por tanto tempo — geme ela. — Eu faço parte da lista de mensagens de *Family Affair* em busca de respostas. Paige sobrevive ao acidente de carro? Quem é o pai do bebê de Krystal? Eles farão um teste de DNA? — Ela lança um olhar esperançoso em minha direção. — Você deve saber de *algo*.

Dou de ombros.

— Eu realmente não sei. Os escritores estão de férias agora. Assim como eu. — A diretora franze o cenho. — Mas tenho certeza de que Paige vai sobreviver, pois Melli acabou de assinar um contrato de dois anos com o programa.

A diretora suspira, aliviada.

O sinal toca para o quarto tempo.

— Vamos fazer o seguinte — digo, piscando o olho para ela e pegando a maçaneta da porta. — Almoçaremos juntas na semana que vem e você poderá fazer todas as perguntas que quiser sobre *Family Affair.*

— Você faria isso? — Ela bate palmas, animada. — Segunda-feira, então?

— Segunda — sorrio e começo a sair.

— Oh, e Rachel — chama a diretora de forma discreta. Eu me viro para olhá-la. — Se você conversar com sua *amiga* nesse final de semana, diga a ela que um teste de DNA é sempre uma boa ideia.

Ela pisca o olho para mim. Eu pisco de volta e sigo para a aula de biologia. E é então que dou de cara com o peito bem-definido de Austin.

— CUIDADO! Está fugindo da polícia ou algo do tipo? — ri Austin, pegando-me com suas mãos fortes até que eu recobre o equilíbrio.

Sinto as minhas mãos suarem. Por que estou tão nervosa? Nunca fico tão ansiosa perto de caras bonitos, sendo que já beijei vários em *Family Affair.*

Rio de forma nervosa.

— Como vai? — pergunto olhando para o ladrilho do chão.

— Já sei do que se trata — diz Austin ao perceber a minha reação. Ele me solta. — Você já ficou sabendo sobre mim e Lori.

— Você e Lori? O que é que tem você e Lori? — pergunto, me fazendo de boba.

— Olha só — responde Austin, fixando os olhos turquesa em mim. — Você não teve nada a ver com o nosso rompimento na sexta-feira. Já não estávamos bem. Eu já estava cansado de ver como ela pisa nas pessoas, incluindo eu. O que ela fez com você na sexta-feira foi a gota-d'água. Expliquei a ela que somos apenas amigos.

Amigos.

— Claro — respondo, tentando ocultar meu desapontamento. O que há de errado comigo?

— AUSTIN, VAMOS LOGO! — chama Rob Murray no corredor. — O técnico vai deixar a gente treinar durante a aula de educação física.

— Já vou! — responde Austin. — Tenho de ir — diz ele, se desculpando. — Você ainda está livre para estudarmos depois da aula?

Penso por um segundo. Não. Laney marcou a filmagem para o *The Ellen Degeneres Show* para aquela tarde.

— Não. Tenho uma consulta médica — desculpo-me. — Tinha me esquecido completamente.

— Então podemos marcar para hoje à noite? — pergunta Austin. — O treino de lacrosse termina às seis, então poderíamos nos encontrar na minha casa às seis e meia.

Ele pega o meu caderno e a minha caneta esferográfica verde e anota o endereço dele.

— VAMOS LOGO! — chama Rob novamente.

— É melhor eu ir.

Ele começa a se afastar.

— Vejo você à noite — respondo, segurando a página em que ele acabara de escrever.

A filmagem para *Ellen* vai bem. Os programas matutinos são bem mais divertidos devido à atmosfera relaxante, e as perguntas não são tão invasivas. Ellen não fala sobre Sky nem uma vez! Eu sabia que gostava dela. Ainda estou animada quando Rodney me deixa na casa de Austin às seis e meia.

— Não sei por que estou nervosa — digo para Nadine no carro.

— Talvez seja porque essa é a primeira vez que um cara parece gostar de você pelo que você é e não pelo que sua carreira poderá fazer por ele — sugere ela.

— Você acha que eu estou a fim dele? — debocho. — Não estou. Somos apenas amigos. Além disso, não posso gostar dele desse jeito, pois as coisas ficariam complicadas.

— É, mas a vida é assim — murmura Rodney no banco da frente, enquanto toma um *smoothie*. — Você se apaixona por alguém quando menos espera.

Pergunto-me por um momento se ele estava falando por experiência própria.

— Mas estou vivendo uma mentira — protesto.

Desde sexta-feira à noite, quando Austin e eu nos divertimos com nossa conversa, uma vozinha no fundo da minha cabeça sempre pergunta: *O que acontecerá se ele descobrir a verdade?*

— É tarde demais para se preocupar com isso, não é?

O carro para perto da adorável casa estilo colonial em que a família de Austin vive. A casa parece espaçosa, mas não incrivelmente grande como a de Lori ou a minha. Mas o que me chama mais atenção enquanto olho para os tijolos e para as escadas que levam até a porta da frente são as bicicletas das crianças jogadas no gramado verde e como isso parece familiar.

— Passo para pegá-la às oito e meia — diz Nadine, olhando no relógio. — Você tem uma entrevista por telefone com *Access* da Costa Oeste às 8h45.

Concordo com a cabeça, dando uma última olhada nos jeans da Old Navy e no casaco com zíper de plush preto, certificando-me de que estou no modo Rachel depois do *The Ellen Degeneres Show* (foi muito bom poder me vestir com um vestido de cetim colorido da Nicole Miller) e abro a porta do carro. Quando chego à porta, Rodney já havia desaparecido. Segundos depois, a mãe de Austin abre a porta.

— Você deve ser Rachel — cumprimenta-me ela de forma calorosa. A Sra. Meyers está usando avental com uma estampa MELHOR MÃE DO MUNDO por cima de calças cáqui e camisa polo vermelha. Ela enxuga as mãos no avental e estende uma em minha direção. — Prazer em conhecê-la. Desculpe-me por minhas mãos estarem gordurosas. Estou fazendo biscoitos.

Uau! Uma mãe que sabe cozinhar!

— Prazer em conhecê-la também — digo de forma tímida. — Vim para estudar com Austin.

Os cabelos dela são da mesma cor que os de Austin, mas os dela estão presos em um rabo de cavalo.

— Oi! — Austin aparece na porta. Ele está enxugando os cabelos com uma toalha. — Acabei de chegar do treino. Tive de tomar banho.

Concordo com a cabeça, tentando não ficar vermelha quando noto o abdome bem definido sob a camiseta branca.

— Austin, você nunca fica parado. Gritem se ficarem com fome — orienta ela, desaparecendo na cozinha.

— Obrigada! Foi um prazer conhecê-la — grito para ela.

— Podemos estudar no meu quarto — diz Austin, subindo as escadas acarpetadas. — Mas deixe-me apresentá-la à minha irmã primeiro.

Ele bate na porta e uma voz responde:

— Pode entrar!

Austin abre a porta e entra. Uma menina com cerca de 11 anos de idade ergue os olhos do livro que está lendo em sua cama cheia de ursos de pelúcia. Ela usa aparelho nos dentes.

— Oi — murmura ela de forma tímida.

Com cabelos castanhos curtos, ela não se parece em nada com Austin, exceto pelos olhos azul-turquesa.

— Oi — respondo nervosamente, sentindo que estou sendo analisada. — Sou Rachel, amiga de seu irmão.

— Vamos estudar no meu quarto, Hayley — diz Austin. — Pode entrar se precisar de ajuda com o seu dever de casa.

Ela concorda com a cabeça e dá um sorriso prateado. Austin fecha a porta.

— Sua irmã é fofa — digo de forma pensativa. — Gostaria que meu irmão fosse quieto assim.

— Achei que você fosse filha única — comenta Austin enquanto andamos pelo corredor.

— É, eu sou — corrijo-me rapidamente. — Estava me referindo a meu *primo*, Matt. Ele é como um *irmão* para mim, já que passamos tanto tempo juntos. Ele está sempre atrás de mim, pedindo que eu o ajude com tudo, mas nunca fica satisfeito, não importa o quanto eu faça por ele.

— Uau! Pare para respirar! — ri Austin, abrindo a porta do quarto. — Acho que nunca ouvi você falar tanto.

O quarto dele é exatamente como imaginei, com pôsteres de times de lacrosse nas paredes e equipamentos de esporte espalhados por todos os lados. Também há roupas sujas no chão. Parece bastante com o meu próprio quarto antes de Anita limpá-lo.

Sinto-me corar.

— Eu tenho o péssimo hábito de divagar — admito humildemente. — Tenho de melhorar nisso.

Austin puxa uma outra cadeira até a estreita escrivaninha de madeira. Aproximo-me e coloco minha bolsa. Então, vejo uma fotografia dessas revistas para fãs pendurada sobre a escrivaninha. É uma foto minha, usando uma blusa marfim que deixa minha barriga de fora e calças jeans. Havia feito escova no cabelo e a foto havia sido tirada para a capa da *Allure*.

Austin percebe para onde estou olhando e é a vez dele de ficar um pouco vermelho.

— Minha irmã me deu essa fotografia — explica ele. — Ela adora *Family Affair*. E eu acho que Kaitlin Burke é... hã... uma gata.

Fico sem saber o que dizer. Isso tudo é meio surreal. Austin acha que a verdadeira eu é uma gata. Sinto as pernas tremerem ao ouvir Austin dizer isso. Claro que fãs, entrevistadores e revistas já haviam me elogiado antes, mas essa foi a primeira vez que eu realmente acreditei. Acho que preciso sentar.

Austin suspira.

— Não sei por que não consigo mentir para você — reclama ele, enquanto me sento na antiga cadeira de madeira. — Tudo bem. A verdade é que minha irmã fez com que eu ficasse viciado nessa série. Dá para acreditar? O capitão do time de lacrosse viciado em uma série. — Ele meneia a cabeça. — Se os rapazes descobrirem, estou frito.

O pensamento cai sobre mim como um raio. Se Austin fosse apenas um fã boquiaberto pedindo o meu autógrafo, será que eu o teria notado quando tivesse acabado de assinar o papel? Quantos outros caras interessantes eu devo ter deixado passar só porque não tive tempo de parar e realmente prestar atenção? Mas mesmo que eu notasse um cara interessante, como eu poderia saber se ele estava realmente interessado em mim como pessoa ou como celebridade?

Essa é a parte legal de ser Rachel. Por mais estranho que pareça, eu sei que Austin está realmente interessado no que eu, ou melhor, no que Rachel tem a dizer. Por uma vez na vida, o rosto de Kaitlin não está no caminho.

— Acho bom você me ajudar a fazer um excelente projeto de história ou eu posso chantageá-lo — brinco.

— Você é engraçada — diz Austin. — Não conheci muitas garotas como você antes.

— E isso é bom ou ruim? — pergunto.

— As duas coisas — provoca ele. — Você não é esnobe e isso é ótimo. Muitas das garotas que eu conheço são muito ligadas no dinheiro. Estão sempre preocupadas com o estilista ou a marca que estão usando ou qual carro vão comprar quando tirarem a carteira de motorista. — Ele revira os olhos. — Mas você não parece ligada nessas coisas.

Sorrio. Ah! Se ele soubesse.

Começamos a estudar depois disso, mas não consigo me concentrar. Sentar tão perto de Austin, sentindo o cheiro dos cabelos recém-lavados tão próximos do meu rosto, torna muito difícil manter o foco. Espero que ele me dê as anotações sobre essa tal de Festa do Chá de Boston para eu levar para casa, porque certamente não serei capaz de me lembrar de uma palavra do que ele disse. Quando chega a hora da matemática me saio um pouco melhor.

— Então, você deve se lembrar de que a regra do seno para um triângulo é ABC — repito.

Ele geme.

— Explique por que eu tenho de saber o raio de um círculo e os ângulos de um triângulo.

Dou de ombros.

— Acho que se você quiser ser um físico ou um astronauta...

— Não tenho ideia do que quero fazer da vida, mas não acho que vou precisar de nenhuma das duas coisas. — Ele encolhe os ombros musculosos. — E você?

— Se eu quero ser uma astronauta? — pergunto. — Só se eu puder conhecer um lugar como Tatooine, planeta natal do Anakin Skywalker.

— Não — ri ele. — Você sabe o que quer fazer da vida? Você costuma pensar sobre o futuro?

O que posso dizer? Austin, eu já tenho uma carreira. Sou atriz. Não apenas isso. Na verdade, sou Kaitlin Burke. Sinto muito não ter contado antes, mas prometi não contar a ninguém e depois eu o conheci e você é engraçado e charmoso.

— Eu... — tento começar, mas sou interrompida por uma batida na porta.

— Desculpe interrompê-los, crianças — diz a Sra. Meyers colocando a cabeça pelo vão da porta. — Mas sua tia Nadine está lá embaixo e disse que já está na hora de você ir.

Olho no relógio. São 8h45. Nossa, já se passaram duas horas?

— Tenho de ir — desculpo-me.

Austin concorda.

— O que você vai fazer no sábado à tarde?

A mãe dele sorri para mim e se afasta carregando uma pilha de roupas limpas para guardar.

Será que ele está me convidando para sair?

— Neste sábado? — pergunto tolamente.

— É — ri Austin. — O dia que, em geral, vem depois de sexta-feira.

Rio.

— Eu conheço um local que vende uma pizza maravilhosa. Chama-se A Slice of Heaven — diz ele. — Podemos estudar lá e almoçarmos.

Não acredito! E se Antonio me reconhecer?

— Odeio pizza — respondo.

— Você odeia pizza? — estranha Austin, com olhos arregalados. — Então vamos a um restaurante chinês.

— Está marcado, então.

Despeço-me da mãe de Austin na saída e ando rapidamente em direção ao sedan preto. Abro a porta.

— Você está atrasada — exclama Nadine. — Tive de fingir ser sua tia!

Rodney ri.

— Você está com fome? — pergunta ele. Compramos hambúrgueres no Carl's Jr. Mas não conte nada para sua mãe.

Agradecida, pego um na sacola.

— Sinto muito, gente — desculpo-me. — Perdi a noção do tempo.

— Então, foi tudo bem? — pergunta Nadine.

— Foi — respondo com um sorriso bobo no rosto. — Ele me convidou para sair.

— Em um encontro? — questiona Rodney.

— Acho que não é um encontro, mas ele quer que eu estude com ele no sábado enquanto almoçamos.

Rodney assovia.

— Espere um pouco! — Nadine parece estar em pânico. — Você tem uma sessão de fotos para a *TV Tome* com o elenco de *Family Affair*. Você deve estar lá ao meio-dia.

Suspiro.

Ter uma vida dupla dá mais trabalho do que eu imaginara.

Segunda-feira 29/3

OBSERVAÇÕES PARA MIM

SEMPRE olhar a agenda antes de responder "sim".

Terminar o trabalho extra p/ o Sr. K. marcado para daqui a duas semanas.

Desculpar-me com A. — E REMARCAR O "ENCONTRO"!!!

TREZE *O buffet de beleza*

Sabe como o Oscar é a noite mais importante do ano em Hollywood? Então, na Clark Hall, o evento mais importante é o baile de primavera.

Não me leve a mal. Estou animada com o baile, principalmente por ser o meu primeiro. Mas os alunos da Clark Hall ficam *doidos* por causa disso. Diferente do baile de formatura, que é organizado pelos graduandos, o baile de primavera é totalmente organizado pelos alunos, o que o torna o melhor evento do ano. O comitê de alunos responsável pela organização é quem decide tudo, desde a decoração de papel machê até os canapés que serão servidos de acordo com o tema da festa. Essa é a parte em que todos os alunos votam e, como no Oscar, há uma megacampanha para que o melhor tema ganhe.

Todo o grupo se envolve na loucura da campanha, exceto, ao que parece, Liz.

— É melhor sermos responsáveis pelo comitê do baile em vez de perder tempo fazendo a campanha por um tema — afirmou Liz, dando de ombros.

Estou levando o meu papel muito a sério, afinal, este será o único baile de escola ao qual irei na vida. Então estou dividida.

PRINCESALEIA25: Rápido! Temos de votar no final da aula. Em quem vc vai votar?

MENINASUPERPODEROSA82: K, estou na aula de matemática!!!

PRINCESALEIA25: Desculpe! Mas estou confusa!

MENINASUPERPODEROSA82: Tudo bem. Mas rápido.

PRINCESALEIA25: Explique o que é "O melhor da história"?

MENINASUPERPODEROSA82: Patrocinado pelo clube de Shakespeare e a equipe de competição de matemática. É o tema preferido do Sr. K.

PRINCESALEIA25: Ah! Por isso ele entregou panfletos vestido como A. Lincoln?

MENINASUPERPODEROSA82: É. Ridículo. Eles querem q todos se vistam como figuras da história.

PRINCESALEIA25: Beth vai votar neles, pois quer ir de Pocahontas.

MENINASUPERPODEROSA82: Vc ainda vai votar em "Mistura de Monstros"?

PRINCESALEIA25: Talvez.

MENINASUPERPODEROSA82: Mentirosa. Tudo pq A. se vestiu de Darth Vader e entregou a vc um cartão que dizia "Vote em Mistura de Monstros ou vamos acabar com vc".

PRINCESALEIA25: Nada disso. A. entregou panfletos a todos. O time inteiro estava fantasiado. Acho que se vestir como um vilão ou um monstro é legal.

MENINASUPERPODEROSA82: Melhor do que ser uma celebridade? Esse é o tema de "Uma noite com milhares de estrelas".

PRINCESALEIA25: Já vivo nessa vida, lembra? Ñ. Obrigada!

MENINASUPERPODEROSA82: Vou votar neles. Prefiro me vestir de Angelina Jolie do que de Jabba the Hutt.

PRINCESALEIA25: :-(

MENINASUPERPODEROSA82: Vc só não vai votar pq foi ideia de Lori e de Jessi.

PRINCESALEIA25: NÃO! Mas acho errado se vestir como Britney e Jennifer Lopez e distribuir limonada grátis p/ conseguir votos.

MENINASUPERPODEROSA82: É melhor superar isso. Elas vão ganhar. Comece a planejar o seu traje. Baba = votos.

Depois de uma semana de loucura, cada um votou em seu tema favorito na última sexta-feira. Agora estou na aula do Sr. Klein esperando a diretora Pearson anunciar pelo alto-falante o vencedor. Juro que as coisas estão muito intensas por aqui. Todos estao sentados em silêncio. Não por estarem prestando atenção na aula do Sr. Klein sobre o sistema de agricultura dos índios americanos.

— Atenção, alunos da Clark Hall. Aqui fala a sua diretora, Sra. Pearson — ouvimos o alto-falante.

Jessie dá um grito.

— Sei que vocês trabalharam duro na semana passada — disse a Sra. P. — E fico muito feliz de ver o quanto a escola significa para vocês...

— Diga logo quem ganhou... — geme Rob Murray.

— Então, estou feliz em anunciar que temos um vencedor. Com quase 400 votos, o vencedor é "Uma noite com milhares de estrelas".

Lori dá um pulo e grita. Jessie se desmancha em lágrimas. As outras seguidoras das rainhas se abraçam para comemorar. Mas as coisas não estão bem no terceiro tempo de aula do Sr. Klein. Uma nuvem escura parece pairar sobre a outra metade da turma.

— A votação foi roubada! — grita Rob, fechando o livro com força.

O Sr. Klein e o pessoal da equipe de competição de matemática parecem arrasados.

— Agora que temos um tema para o baile, devemos falar sobre a criação de um comitê — diz, por fim, o Sr. Klein.

Todos ficam em silêncio.

— Todos fizeram um ótimo trabalho nas campanhas — afirma o Sr. Klein olhando diretamente para os alunos do clube de Shakespeare. — Por isso, tenho certeza de que todos farão um trabalho igualmente bom no planejamento do baile.

O Sr. Klein olha para Lori. Ela está falando animadamente com Jessie sobre as fantasias.

— Lori, presumo que queira participar do comitê organizador.

Lori para de falar com Jessie e olha para o Sr. Klein.

— Eu? — pergunta ela, sem expressão. — Por que eu?

O Sr. Klein parece frustrado.

— Bem, a ideia desse tema foi de vocês, não foi?

— Sim, mas, na verdade, não temos tempo para organizar o baile todo. — As amigas que estão ao seu lado confirmam suas palavras com a cabeça. — Só queríamos que o nosso tema *ganhasse*. Agora que isso aconteceu, temos de nos concentrar em coisas mais importantes... como o que vamos usar.

— Alguma de vocês, meninas, planeja trabalhar no comitê? — pergunta ele, cansado.

Nenhuma das amigas de Lori ergue a mão. Ele suspira.

— Há alguém na turma que queira participar do comitê?

Liz levanta a mão.

— Quero ser a responsável — oferece-se ela.

— Ela não faz isso sempre? — sussurra Jessie.

Liz lança-lhe um olhar ferino.

— Isso é ótimo, Liz — diz o Sr. Klein, feliz. — Alguém mais vai ajudá-la?

Beth e Allison erguem as mãos. Eu mantenho a minha baixa. Não sei se consigo lidar com mais alguma coisa nesse momento. Já estou sobrecarregada. Do jeito que está, terei de faltar aula na quinta-feira e na sexta-feira para que Laney e eu possamos ir para Nova York, onde ficaremos por 48 horas, para fazer o programa matutino *Live with Regis and Kelly*.

Liz vira-se e olha para mim.

— Será divertido.

Ah! Tudo bem. Eu levanto lentamente a minha mão.

O Sr. Klein olha para mim parecendo preocupado.

— Você terá tempo de fazer isso e o seu outro trabalho, Rachel?

Sei que ele está se referindo ao trabalho que tenho de entregar no final da semana.

— Sem problemas, Sr. Klein.

Olho para Austin e sorrio. Ele pisca o olho para mim. Estou feliz porque ele foi legal quando cancelei nosso encontro no sábado passado. Agora, realmente, preciso da ajuda dele.

— O comitê vai se encontrar amanhã antes da primeira aula — anuncia o Sr. Klein. — Por favor, tragam ideias, incluindo a instituição de caridade que receberá o dinheiro arrecadado com o baile. Com o baile marcado para daqui a duas semanas, temos de correr.

Enquanto estou escrevendo lembretes para mim no meu Sidekick, ouço Lori e as amigas discutindo sobre suas fantasias.

— Então, Lori, você vai de Jessica Simpson? — pergunta uma garota ruiva.

— Não. Já superei essa fase — debocha Lori. — Talvez eu escolha Kaitlin Burke de *Family Affair*.

Eu daria tudo para me revelar nesse momento e ver o olhar chocado naquela cara de quem sabe tudo...

— Legal — diz Jessie. — Quem eu devo escolher?

— Vá de Sky Mackenzie — diz Lori. — Aí eu posso passar a noite inteira fingindo estar com ciúmes de você.

As outras riem.

Eu suspiro. Será que o ódio de Sky tem de me seguir em todos os lugares?

Quando o sinal toca um pouco depois, encontro Beth, Allison e Liz para irmos almoçar na cantina.

— Dá para acreditar que Lori não quis fazer parte do comitê? — Beth joga a cabeça para trás. — Preciso de tempo para me bronzear — diz, imitando a voz de Lori.

Allison ri.

— Mas com isso saímos ganhando. Tenho de admitir que adorei esse tema.

Liz concorda com a cabeça.

— Sei que temos muito trabalho, mas vai ser divertido trabalhar nisso juntas. Principalmente porque esse é o primeiro evento da Clark Hall do qual Rachel vai participar.

Embora eu goste da ideia, Liz parece estar se esquecendo do quanto tenho para fazer no momento.

— Você vai adorar! — afirma Beth, batendo palmas. — Nós organizamos as melhores festas.

Liz olha para mim com ar matreiro.

— Quem você será, Rachel?

— Ainda não pensei nisso.

— Você já pensou em um par? — pergunta Beth, feliz. — Austin Meyers está no mercado de novo.

Sinto o rosto pegar fogo.

— Vocês têm passado bastante tempo juntos — completa Allison.

— Na biblioteca — digo, tentando despistar. — Estamos estudando juntos, lembram?

Sei que Austin não convidará Rachel. Ele mesmo já disse que somos apenas amigos.

— Só estou dizendo que um baile é um lugar mágico para se estabelecer uma conexão — provoca Allison.

— Eu já sei com quem eu vou — fala Liz.

Todas ficamos em silêncio e olhamos para ela.

— Quem? — pergunto, já que ela não mencionara ninguém antes.

— Josh Hawkin. Ele faz aula de kickboxing comigo aos sábados de manhã e ele é *tão* lindo.

— E ele sabe que você está a fim dele? — pergunta Beth.

— Não tenho certeza — admite Liz. — Mas ele me convidou para irmos ao Rotten Tomatoes depois da aula e pagou a conta. Acho que isso significa alguma coisa, não?

Todas concordamos. Não acredito que Liz não me contou isso. Acho que eu estive muito ocupada.

— Vamos sair novamente na sexta-feira à noite. Acho que vou convidá-lo nesse dia — afirma Liz com o olhar perdido.

— Gostaria de ser tão confiante quanto você — deseja Allison, parecendo triste. — Acho que nunca conseguiria convidar alguém para ir comigo.

— Que tal um dos garotos da aula de hip-hop? — pergunto.

— Eles não são confiáveis — ri Allison. — Diferente dos garotos da aula de kickboxing.

— Sinto muito se não contei a ninguém sobre ele — desculpa-se Liz, olhando diretamente para mim.

— Tudo bem. Acho que temos andado ocupadas demais — digo, sentindo-me um pouco triste. — Estou muito feliz por você.

— Isso é ótimo — geme Beth, passando a mão pelos cabelos negros cacheados. — Lizzie tem companhia. Rachel acabará indo com Austin — começo a protestar, mas ela me corta. — Ali e eu estaremos completamente sozinhas.

— Você poderia convidar Rob Murray — sugere Allison. — Vocês pareceram se dar bem na festa de Lori.

Beth a ignora, olhando em volta do pátio lotado, buscando um lugar para sentar. A turma de Lori está sentada na mesa sombreada. Alguns alunos de teatro carregando roteiros de *Bye Bye Birdie* estão se levantando.

— Olhem, uma mesa! — grita Beth, correndo e colocando os livros sobre a mesa.

— Vamos mudar de assunto — diz Allison. — Temos de discutir sobre como arrecadaremos dinheiro para a caridade. — Ela se sentou. — O Sr. Klein disse que precisamos conseguir mil dólares para a instituição Child of Hope e só conseguiremos isso se vendermos toneladas de ingressos.

Concordo com a cabeça tentando parecer saber das coisas. Sempre que vou a um evento de caridade, todos os detalhes são resolvidos por outras pessoas. Como no Celebrity Cares Carnival da semana passada. Não faço ideia de como eles arrecadam fundos para as entradas ou como transportam os jogos para o terreno gigantesco da casa de Samuel L. Jackson.

— Sabe do que precisamos? — pergunta Beth depois que compramos o almoço e o trouxemos para a mesa. — De um apresentador famoso.

— O que você quer dizer? — pergunta Liz, antes de dar uma enorme mordida no sanduíche.

— Conseguiremos dinheiro se vendermos entradas para o baile, certo? — explica Beth. — Se conseguirmos ter uma celebridade para apresentar o evento, mais pessoas comprariam ingressos.

— Será que conseguiremos pensar em alguma celebrida- de que queira vir a um baile estudantil? — pergunta Allison franzindo a testa.

Ficamos em silêncio por alguns minutos. Eu consigo pen- sar em várias estrelas que fariam isso por publicidade, mas como eu poderia explicar isso para Beth e Allison? Ou como eu conseguiria explicar para a estrela que eu convidar o mo- tivo por que eu mesma não faço isso, já que eu vou como Rachel... Ai! Melhor esquecer!

Beth e Allison olham para Liz.

— Por favor, não peçam isso para mim — geme ela.

Pego minha água e dou um gole.

— Por favor, Liz — implora Allison. — Por que você não pede a Kaitlin Burke?

A água que estava na minha boca foi parar na mesa.

— Ai meu Deus! Tudo bem com você?

— Estou bem — respondo meio rouca.

Às vezes esqueço que Beth e Allison sabem que Liz é mi- nha amiga.

— Não poderia pedir isso a ela — afirma Liz olhando-me de lado. — Isso seria como se eu quisesse comercializar a nossa amizade.

— Amigos pedem favores a amigos — raciocina Beth.

— Será que não poderíamos pensar em outra pessoa? — sugere Liz. — Kaitlin está se preparando para um filme, além de estar com a agenda lotada de compromissos ligados à *Family Affair*.

— Acho que ela deve estar mais ocupada brigando com a outra estrela do programa — reclama Allison.

— É melhor você ser boazinha — avisa Liz.

— Bem, se você não se sente à vontade de pedir a ela, talvez você possa pedir a seu pai para pedir a uma outra pessoa para fazer isso — sugere Beth.

Eu olho para Beth e para Liz.

— Não sei o que é pior — geme Liz. — Pedir a Kaitlin para ser a apresentadora ou pedir a meu pai para arrumar um anfitrião para mim. Para conseguir que os White Bandits tocassem no festival de inverno do ano passado, tive de implorar por três meses. Não, dessa vez temos de conseguir alguém pelos nossos próprios esforços.

Liz dá de ombros, como se quisesse se desculpar, e arruma o colar cor-de-rosa e prata que está caindo sobre seu suéter de gola redonda.

— Mas Kaitlin seria perfeita! — insiste Beth.

Liz aperta os lábios.

— Talvez possamos conseguir isso sem você ter de pedir a ela — sugere Beth. — Meu tio joga golfe com Tom Pullman, o produtor de *Family Affair* — explica ela. — Talvez ele consiga algo para nós.

Ai, meu Deus!

— Eu não sei — responde Liz, parecendo nervosa. — Eu não quero que Kaitlin pense que eu a estou usando. Talvez pudéssemos pensar em outra pessoa.

— É — concordo um pouco alto demais.

Todas olham para mim. O problema é que não consigo pensar em mais ninguém.

— Ela não vai pensar que você teve algo a ver com isso — assegura Allison. — Beth, peça ao seu tio para tentar conseguir isso com ela. — Ela se vira para Liz. — A não ser que você queira ligar para ela.

Liz sacode a cabeça.

— Não, mas...

— Então, está acertado — declara Beth. — Vou pedir ao meu tio para pedir a Tom Pullman para pedir a ela.

Ela coloca um garfo cheio de alface na boca e mastiga feliz.

Liz e eu olhamos para nossos pratos. Estou ferrada. Como vou explicar isso a Tom? Ele nem sabe que estou frequentando a escola. Tenho de ligar para Laney. Estou prestes a me desculpar e sair, quando ouço o tema de *The O.C.* É o telefone de Liz.

— Quem será que me ligaria no horário de aula? — pergunta Liz. — Alô! — Ela dá um pulo. — Sinto muito, *papai*. Geralmente, não mantemos os telefones ligados no colégio. Hã-hã. Você pode perguntar a ela se quiser. Espere um pouco. — Liz me passa o telefone. — É o meu pai. Ele diz que você deixou o seu, hã... *ipod* lá em casa.

Pego o telefone. Mas que...

— Alô!

— SOU EU. — Reconheço a voz de Laney na hora. — RODNEY VAI PEGÁ-LA PARA LEVÁ-LA PARA O BUFÊ DE BELEZA EM VINTE MINUTOS.

Afasto-me rapidamente da mesa. Não quero que ninguém ouça os gritos de Laney.

— Vinte minutos? Achei que eu iria às cinco — sussurro.

— NÃO, HOUVE UMA MUDANÇA DE PLANOS. A *ACCESS HOLLYWOOD* ESTÁ LÁ AGORA, ENTÃO VOCÊ TEM DE IR. JÁ FALEI COM A DIRETORA PEARSON.

Ouço o som de copos e talheres ao fundo e o som de conversas abafadas de um restaurante.

— ESPERE UM POUCO. OI, NICOLE! COMO ESTÃO AS CRIANÇAS?

— Alguém já tem alguma notícia de Hutch Adams? — pergunto. — Ele já sentiu a aura de Sky?

— Não sei — responde Laney em voz mais baixa. — Tenho certeza de que teremos notícias em breve. AGORA VÁ ENCONTRAR RODNEY. CONVERSAMOS DEPOIS.

Ela desliga e eu volto para a mesa. Talvez elas não tenham ouvido os gritos de Laney.

— O pai de Liz estava gritando com você? — perguntou Beth, parecendo preocupada.

— Não, não é nada disso — apresso-me a responder.

— Meu pai tem problemas de audição — explica Liz. — Ele não nota que está falando mais alto.

Ambas rimos, nervosas.

— Tenho de ir — afirmo. — Esqueci que tenho consulta com o médico hoje à tarde. Meu tio Rodney está me esperando lá embaixo.

Olho Liz nos olhos e ela acena em entendimento.

— Mas nós íamos discutir a decoração — protesta Allison. — Não poderemos nos encontrar mais tarde, pois tenho aula de dança às três.

— Vou pensar em algo e ligo para você à noite — prometo, juntando minhas coisas de forma apressada.

Depois começo a correr para encontrar-me com Rodney.

SEGREDO NÚMERO 14 DE HOLLYWOOD: Eventos para celebridades tipo buffet de beleza são demais, mas eles têm um preço. As empresas que patrocinam o evento pagam por manicures, pedicures, esteticistas, massagistas, bronzeamento artificial, massagem e uma sacola cheia de produtos. Mas, em troca, sua imagem pode ser usada na propaganda de suas marcas. Mas de uma vez, abri a *US Weekly* e vi o meu nome e minha foto ao lado de um produto que supostamente amo ("Kaitlin Burke não sai de casa sem sua bolsa *Trendwatch!*"). Ganhou corretivo grátis? Então, esteja preparada para a empresa dizer que você aprova seus produtos, mesmo se você o recebeu de graça, usou uma vez e não gostou.

Hoje não será diferente. Teremos uma área reservada no Hills Hilton, o favorito das top models e celebridades de Hollywood. O *Buffet* parece, em uma escala maior, um mercado de pulgas, com fileiras de estandes e serviços. Um representante do *Buffet* me encontra na porta e me leva a todas as mesas, decoradas com seda de cores vibrantes. Lá, um publicitário ansioso aguarda por mim para dizer por que o novo gel é o produto mais inovador para o cabelo no mercado. (Eu pego alguns para Paul.) Em cada estande, ouço pacientemente o que eles têm a dizer e respondo coisas do tipo:

— Nossa, parece demais, mesmo!

ou:

— Que cheiro bom!

Mas só pego alguma coisa se eu realmente gostar (diferente de algumas celebridades que pegam de tudo e depois distribuem como presente de Natal).

Entre os estandes, encontro alguns colegas de trabalho que não vejo desde o último evento gratuito da cidade (que aconteceu há três semanas). Algumas estrelas vão a todos, como

Shana Ellison. Não encontrei outros, como minha colega Gina Jefferson, em meses. Fizemos os pés juntas para podermos falar mais sobre o novo piloto para uma série da Warner Brothers que ela acabara de gravar.

Quando vou embora, Rodney leva meus produtos para casa, incluindo meu presente favorito, um final de semana com tudo pago em Palm Springs, e me deixa na escola. São 3h15, o que significa que estou quinze minutos atrasada para encontrar Austin para estudarmos.

Quando chego à biblioteca, vejo os cabelos cor de areia de Austin perto da seção de biografias e me aproximo rapidamente.

— Sei que você deve estar zangado comigo — começo antes de ele ter chance de olhar para mim. — Mas tenho uma boa desculpa. Fui sequestrada pelo Império.

Eu esperava que com a referência ao *Guerra nas estrelas* as coisas ficassem bem.

— Não minta para mim — diz ele, olhando duro. — Eu sei onde você estava.

Sinto meus joelhos amolecerem.

— Você, você sabe? — gaguejo.

— Sim. Você estava escolhendo algo para usar no baile de primavera. Ouvi dizer que os coques da princesa Leia estão acabando na Costume Factory.

Ele ri. Ele já está usando o uniforme de treino de lacrosse com uma camiseta vermelha de ginástica da Clark Hall grande demais e short cinza.

Solto o ar devagar.

— Você me pegou — rio nervosa. — Fiquei com medo que alquém comprasse antes de mim.

Ele limpa a garganta.

— Você já tem um par para o baile? — pergunta ele com os olhos azul-turquesa fixos em mim.

De repente, sinto as palmas das mãos suadas. Balanço a cabeça.

— Será que você gostaria de ir comigo? — Ele afasta o olhar, olhando para a estante de livros na qual havia um cartaz que dizia LER É FUNDAMENTAL.

— Juntos poderíamos governar a galáxia ou, pelo menos, o baile — acrescenta ele com um lindo e brilhante sorriso. Ele parece até tímido.

Fico muda. Austin realmente está me convidando? Achei que ele tivesse dito que éramos apenas amigos. Estou confusa. Quero ir com ele, mas isso não vai complicar ainda mais as coisas? Se eu conseguir o papel de Hutch Adams, vou estar fora da Clark Hall mais rápido do que eu pensava.

Meu estranho silêncio fica ainda mais óbvio no ambiente silencioso da biblioteca. O único ruído entre nós é o som do ar-condicionado central sobre nossas cabeças.

Os sentimentos conflituosos devem ter transparecido no meu rosto porque Austin deu um suspiro.

— É por causa da Lori? Nós já terminamos.

Balanço a cabeça novamente. Isso é estranho. Nunca me senti assim diante de um garoto. Mas de uma coisa eu tenho certeza: quero ir ao baile com ele. A Sra. Blumberger, a bibliotecária, passa por nós e lança um olhar ameaçador. Mesmo falando aos sussurros ela consegue nos ouvir. Quando ela sai do nosso campo de visão, olho para Austin.

— Eu só estava pensando em quem nós seríamos — digo em voz baixa.

— Isso é um sim? — sua voz parece mais profunda que o normal.

Mordo o lábio e aceno com a cabeça.

— Bem, você pode esquecer Anakin e Padmé — ri Austin. — Eles não são celebridades, apenas personagens.

Eu reviro os olhos ao ouvir o tom de senhor-sabe-tudo que ele usou.

— E se formos como pessoas comuns, sem nos inspirarmos nos personagens? — sugere ele.

— Como quem?

Estou curiosa para ouvir o que ele pensou.

— Isso vai parecer meio piegas, mas os rapazes do time acham que eu me pareço com Ryan de *Family Affair*. — Austin fica ainda mais lindo quando está envergonhado. — Pensei que poderíamos ir como o cara que o interpreta. O que você acha? O nome dele é Trevor sei lá o quê.

— Wainright — digo. Isso não está acontecendo comigo. Estou com medo de fazer a pergunta óbvia. — Isso significa que eu teria de ir como Kaitlin Burke?

— É — responde Austin, na expectativa. — Acho que eles estão juntos na vida real. Pelo menos, é o que a minha irmã me disse. Ela adora essas revistas. — Acho que demonstrei meu nervosismo porque ele acrescentou: — Tenho certeza de que você consegue.

— Acho que sim — respondo sem desmanchar o sorriso. Se ele soubesse. — Tudo bem. Por que não? Está certo.

— Legal — diz Austin.

Ele pega a minha mão e dá um aperto. Eu logo fico vermelha quando ele não a solta imediatamente.

Não consigo olhá-lo nos olhos agora. Parte de mim quer que ele me toque. A outra parte quer vomitar devido às constantes mentiras. Eu queria tanto poder contar a ele a verdade. Nadine diria que sou impulsiva, mas sinto que Austin me conhece. Rachel é Kaitlin sem o glamour e o sucesso. Parte de mim gostaria de poder fugir por um tempo. Rachel *é* Kaitlin. E Austin gosta *dela*.

Austin me olha como se soubesse que tenho algo mais a dizer. Abro a minha boca imaginando as palavras quando sinto meu Sidekick vibrar dentro da bolsa.

Já sei quem é. Nadine está me esperando do lado de fora com Rodney para me levar para o aeroporto para minha viagem de 48 horas com Laney para Nova York.

— Tenho de ir — digo.

O clima foi desfeito.

— Mas nem estudamos ainda.

Ele retira a mão devagar.

— Eu sei. Sinto muito. Vou ligar para você amanhã à noite para conversarmos sobre as roupas. Estarei fora amanhã e sexta-feira porque tenho um casamento para ir.

Austin concorda com a cabeça.

— Divirta-se — diz ele. — Ficarei aqui por mais um tempo e aproveitarei para fazer o dever de casa antes do treino.

Talvez possamos ir ao cinema ou alguma coisa assim quando você voltar.

Enfio meus livros na bolsa.

— Seria ótimo — respondo rapidamente.

Saio correndo da biblioteca, tentando entender o que acabou de acontecer. Eu, Kaitlin Burke, vou ao baile de primavera da Clark Hall como Rachel Rogers vestida de Kaitlin Burke, enquanto meu par, que é infinitamente mais bonito do que Trevor Wainright, vai como Trevor porque seus amigos o acham parecido com ele.

É oficial. Minha vida está ainda mais complicada do que os escritores de *Family Affair* poderiam imaginar.

Quarta-feira, 14/4

OBSERVAÇÕES PARA MIM

22 de abril — Encontro para o baile de primavera com Austin. :-)

Nadine tem de encontrar uma "roupa de Kaitlin" para o baile. Tem de ser legal, mas não real demais.

Paul tem de encontrar uma peruca loura de baixa qualidade.

Certificar-me de que Laney reservou massagens no W depois da filmagem com Letterman

Ligar para Seth para saber sobre Hutch Adams. Não. Não ligue. Estou nervosa demais para saber o que H acha de mim em comparação com Sky.

CATORZE *Jeans*

Oba! Há obras na estrada no sábado de manhã novamente. Vamos levar cerca de uma hora para chegar ao centro para a sessão de fotos de hoje.

Talvez eu só esteja ligada devido ao Red Bull que tomei como um ato de desespero, mas estou adorando a situação do trânsito esta manhã, pois vou poder contar a Nadine e Rodney os detalhes do meu encontro com Austin, que aconteceu antes de eu partir para Nova York. Eu acabei de chegar e, em vez de um descanso bem merecido ou de estudar para a prova de francês, depois de 48 horas massacrantes com Laney, estou a caminho de uma sessão de fotos de *Family Affair* para a *TV Tome* com os anúncios do que estará no ar no outono. Sim, sei que ainda estamos em abril, mas essa é a única época do ano em que todo o elenco estará em Los Angeles durante o intervalo de gravações do programa.

— Espere um pouco, deixa eu ver se entendi. — Nadine pega sua bíblia e verifica novamente a programação de fotos.

— Você vai ao baile como Rachel vestida de Kaitlin e Austin vai como Trevor?

— Isso mesmo — confirmo devagar. — Mas você ainda não ouviu a melhor parte: o comitê do baile quer que eu seja a apresentadora do evento.

— Estou confusa. Quem eles querem que seja apresentadora, você de verdade ou você de mentira? — pergunta Rodney, enquanto dá um gole em sua bebida.

— Eu de verdade. — Contei a eles sobre o plano de conseguir a ajuda de Tom Pullman. — Por um segundo pensei em ir como ambas — continuo. — Mas mamãe quase teve um ataque cardíaco quando mencionei isso. Ela resolveu ligar para Tom para agradecer pela ótima temporada, e quando ele mencionou o baile, ela disse a ele de forma gentil que eu tinha um compromisso familiar. Ele ficou muito decepcionado.

— O que Laney disse de tudo isso? — pergunta Nadine.

— Laney — geme Rodney.

— Eu sei.

Esfrego a testa. Só de lembrar nossa conversa no avião, fico com dor de cabeça.

— Laney teve um ataque quando soube que mamãe recusou a oferta. Vou dizer exatamente o que ela falou: "KAITLIN, EVENTOS DE CARIDADE FAZEM COM QUE VOCÊ PAREÇA BOA. COMO VOCÊ PÔDE DIZER NÃO?" — grito, imitando Laney.

— Ela queria que você fosse como você e como Rachel fingindo ser Kaitlin? — questiona Nadine incrédula.

— Eu disse não para um evento de caridade. Bem, não exatamente, mas de qualquer forma, ela não quer que os tabloides descubram. Ela implorou a mamãe para que eu faça uma aparição.

— Isso é maluquice — afirma Nadine. — Como você conseguiria dar conta?

— Eu sei — respondo, passando a mão pelos cabelos ressecados pelo uso da peruca. — Mas agora estou em uma situação pior. Tom disse a mamãe que vai convidar outra pessoa para ir em meu lugar e Laney está chateada com isso. E Liz me disse que Beth e Allison acham que Kaitlin Burke é uma diva porque disse não ao convite.

Rodney ri.

— Kates, que confusão você foi arrumar, hein?

Paul e Shelly disseram a mesma coisa quando contei a eles o que aconteceu uma hora mais tarde. Eles estavam fazendo meu cabelo e maquiagem para as fotos. Agora, Rodney, Nadine, Paul, Shelly e eu estamos todos apertados no camarim da Boom! Studios, tentando me aprontar e discutindo meu mais novo dilema.

— Parece que você vai ter de ser transferida para uma nova escola — brinca Shelly.

— Isso não é engraçado — protesto.

Nadine está roendo as unhas novamente e não está rindo.

— É um sinal, Kaitlin. — Ela me entrega um par de calças jeans rasgadas no joelho para eu experimentar. A *TV Tome* quer que o elenco use sua própria calça jeans e camiseta branca para a sessão. A roupa combinando é para fazer com que pareçamos uma grande família feliz (não ria!).

— Nadine — gemo.

Vou para uma área coberta do camarim para me trocar.

— Você queria ter uma experiência na escola e conseguiu — disse ela com ar de quem sabe tudo. — Agora é hora de desistir antes que você estrague o seu disfarce. Você precisa se concentrar em coisas mais importantes como conseguir o papel do filme de Hutch Adams.

— O roteiro é maravilhoso — admito, pensando em como devorei o manuscrito durante minha estada em Nova York.

A personagem tem uma tonelada de cenas de ação e é mestre em caratê, tenho de lembrar de mandar um e-mail para Liz para perguntar sobre a possibilidade de eu entrar na aula de kickboxing com ela. Preciso de tônus muscular se quero representar a heroína do filme de Hutch Adams.

Coloco uma camiseta branca com decote V que deixa meu umbigo de fora e saio de trás da cortina. Shelly acena com a cabeça demonstrando aprovação e começa a fazer a maquiagem.

— Mas eu não quero perder o baile — acrescento, pensando em Austin.

Sinto um frio na barriga só de recordar o momento em que ele me convidou, o que tenho feito com certa frequência.

— Bailes de escola — diz Paul, dando de ombros. — Que graça pode haver em um ginásio cheio de meninos usando smokings alugados quando você já esteve no Oscar?

— As festas do Oscar são divertidas, mas a cerimônia em si é um pouco... chata — digo rindo.

Paul cobre a boca, parecendo horrorizado. Ele morre de vontade de assistir a uma cerimônia, mesmo que isso dure mais de quatro horas.

Não sei se Paul conhece o SEGREDO NÚMERO 15 DE HOLLYWOOD. Quando você assiste a uma cerimônia de entrega de prêmios no conforto do seu sofá, você não precisa ficar sentada quase imóvel em seu vestido longo e desconfortável e rir por quatro horas a fio, precisa? Não, você usa seu conjunto de moletom, levanta para ir ao banheiro e faz pipoca durante a apresentação do prêmio de Melhor Edição de Filme. Bem, felizmente, as celebridades não precisam ficar sentadas o tempo todo. Os coordenadores do Oscar e do Globo de Ouro contratam voluntários que se sentam no seu lugar para que o auditório pareça cheio durante toda a apresentação. Desse modo, você pode ir ao banheiro ou, melhor ainda, ficar no bar babando ao olhar Colin Farrell (que foi o que fiz no ano passado).

Quando Paul e Shelly acabaram de me aprontar com um cabelo liso e um rosto fresco que parece não ter maquiagem alguma, embora eu esteja usando uma tonelada, Nadine e eu entramos no Estúdio 2, onde será realizada a sessão de fotos. O aparelho de som está tocando músicas de Usher e uma garçonete da Boom! se aproxima para anotar o que queremos beber. Noto que o fotógrafo e o seu assistente estão ajustando as câmaras e as luzes em frente a um fundo de tecido que está preso ao teto. Duas fileiras de caixas de madeira velha de vários tamanhos estão organizadas na frente do tecido. Acho que vamos ficar em pé nelas. Olho em volta. Perto da mesa de café da manhã, que está cheia de crepes de framboesa (o favorito de Sky), pratos de frutas e *bagels*, uma menina de aparelho está falando rapidamente com uma mulher mais velha de avental preto que está arrumando os talheres. Não vejo ninguém do elenco de *Family Affair* ainda, então me sento em um dos sofás de couro branco e pego meu caderno de francês.

A Sra. Desmond fará um questionário na segunda-feira. Assim que viro a página de perguntas de viagens que preciso decorar ("*Est-ce que vous pouvez me montrer où je suis sur la carte?*" que significa "Você pode me mostrar no mapa onde estou?"), meu Sidekick começa a vibrar.

MENINASUPERPODEROSA82: Onde vc está?

PRINCESALEIA25: Sessão de fotos. E vc?

MENINASUPERPODEROSA82: Beth ligou p/ uma reunião de emergência pq vc disse ñ.

PRINCESALEIA25: Mamãe não deixou. Arriscado demais.

MENINASUPERPODEROSA82: Ela está certa.

PRINCESALEIA25: Q/ horas é a reunião?

MENINASUPERPODEROSA82: 11

PRINCESALEIA25: Não vou conseguir. A sessão ainda nem começou.

MENINASUPERPODEROSA82: Eu dou cobertura.

PRINCESALEIA25: Valeu. Lembre-me de que tenho de falar c/ vc sobre kickboxing. Preciso entrar.

MENINASUPERPODEROSA82: Talvez vc aprenda a detonar a Sky. Josh pode dar aulas particulares.

PRINCESALEIA25: Ah! Josh! Vc está muito a fim dele. Quero detalhes.

MENINASUPERPODEROSA82: Tudo bem. Falo c/ vc depois!

— Olá, K. — ouço uma voz familiar me chamando.

Olho para cima e vejo Sky pendurada no braço de Trevor como se fosse cair caso se soltasse.

— Não nos vemos desde a festa lá em casa — comenta ela.

Sky está usando jeans estilo Daisy Duke, uma camiseta branca cortada onde se lê DELE com pedrinhas brilhantes e está sem sutiã. Seu longo cabelo negro está solto. Na camiseta branca e larga de Trevor está escrito DELA. Coitado de Trevor.

Fecho rapidamente meu caderno para que Sky não consiga ler nada.

— Olá, Skylar, Trev — rio. — Belas camisetas.

— Sky as encomendou — responde Trevou de cara fechada. — Você não acha que pareço uma garota usando isso? — pergunta ele apontando para as pedrinhas.

— Claro que não, fofo — responde Sky. — Você está lindo. — Ela olha para mim com ar presunçoso. — Além de mostrar para o mundo que somos um casal de verdade.

Ela parece mais magra do que nunca, se é que isso é possível. Quase posso contar suas costelas sob a camiseta.

Ergo a sobrancelha.

— Então ela realmente o fisgou, não é, Trev?

Ele fica vermelho.

— Foi Trev quem me convidou para sair — protesta Sky, indignada. — Não foi o contrário.

— Claro, Sky — respondo de forma doce.

— OH! MEU DEUS! É SAM, SARA E RYAN! — grita alguém.

Olhamos alarmados em volta. A menina que vi perto da mesa de café da manhã se aproxima de nós, carregando um álbum de figurinhas de *Family Affair* que havia sido lançado no ano anterior. Trata-se de um álbum de fotos de mentira, com anotações "escritas" por Paige sobre a história da família.

A menina para na extremidade do sofá no qual estou sentada. Ela está usando uma camiseta cor-de-rosa com uma estampa que diz FANÁTICA POR FAMILY AFFAIR.

— AMO VOCÊS, GENTE! — grita ela, mostrando os dentes com aparelho.

Ela parece ter a mesma idade da irmã de Austin. Se ela fosse mais velha, acho que eu ficaria um pouco nervosa a respeito de sua excitação. Mas ela é apenas uma criança, então sei que é inofensiva. Faço um sinal para Rodney se afastar.

— Você não precisa gritar — diz Sky, de forma rude. — Não somos surdos.

A menina parece chocada.

— Qual o seu nome, querida? — pergunto, lançando um olhar ferino para Sky.

— Marlena, como em *Days of Our Lives* — responde ela. Sky ri, mas a menina não nota. — Esse é o programa favorito da minha mãe, mas o meu é *Family Affair*. E você é a minha personagem favorita, Sam — afirma ela, apontando para mim.

— Obrigada — respondo acenando com a cabeça em direção ao álbum de figurinhas. — Você gostaria que assinássemos para você?

— Sim, por favor. — Ela se senta no sofá ao meu lado e abre o álbum do "diário" de Sam e Sara. — Assine bem aqui — orienta ela, apontando para minha fotografia. — E escreva "para minha melhor amiga no mundo inteiro, Marlena".

Sorrio e pego minha caneta roxa que não borra em superfícies lustrosas na minha grande bolsa.

— Pode deixar — respondo.

— Eu não vou escrever nada disso — debocha Sky. — Eu nem ao menos a conheço. Só assinarei o meu nome. E Trevor fará o mesmo.

— Sky, ela é uma criança — sussurro com raiva. — Será que você não pode tentar fazê-la feliz?

Sky vira a cara, parecendo enojada. Trev olha para mim e encolhe os ombros.

— OOOOH! Isso é um Sidekick?

Marlena se debruça sobre mim e mexe na minha bolsa. A minha maravilhosa máquina verde está aparecendo.

— Oh, por favor, não mexa nisso — digo da forma mais gentil que consigo. Estendo a minha mão para tirar o aparelho de suas mãos.

— Li na *Celeb Inside* que você nunca sai sem ele! — exclama Marlena, maravilhada enquanto olha para o objeto em suas mãos. — Ei, você tem o telefone de Hilary Duff aqui? Será que você poderia me dar? Prometo nunca ligar.

Sky ri com desdém.

Consigo tirar o Sidekick de sua mão suada.

— Não, eu não tenho, pois não conheço Hilary muito bem. — Coloco o aparelho em uma parte da bolsa que tem um fecho ecler. Marlena me observa atentamente e para de sorrir, parecendo desapontada. Devolvo a ela o álbum. — Aqui está, Marlena, foi um prazer conhecê-la.

Ela franze o cenho.

— Posso ver seu Sidekick de novo? Talvez eu consiga tirar apenas uma pedra verde dele. Li que você mesma as colou.

— Você mesma colou? — pergunta Sky, horrorizada. — Você achou caro demais mandar para a Swarovski?

— Marlena! — chama a mulher de avental preto, aproximando-se de nós. Ela pega Marlena pelo braço e a arranca do sofá. — Eu avisei para não se aproximar do pessoal do elenco. Disse para esperar até depois da sessão de fotos para pedir autógrafos.

— Mas, tia Lil, todo mundo está aqui agora! — reclama Marlena, apontando para um mar de camisetas brancas e calças jeans que enchia o estúdio.

— Sinto muito — disse a mulher para nós três.

— Você deveria estar aqui? — pergunta Sky. — Quem é *você*?

— Sou garçonete do estúdio — explica a mulher humildemente. — Eles disseram que eu poderia trazer a minha sobrinha para assistir.

— Acho que vocês terão de sair agora — diz Sky, fazendo sinal para seu guarda-costas acompanhá-las.

— Sky! — protesto e viro para elas para me desculpar. — Sinto muito. Vamos nos arrumar agora para as fotos. Por que vocês não se sentam no sofá e assistem? Tenho certeza de que todos assinarão o álbum de Marlena depois.

— Obrigada — agradeceu Lil.

Nadine se aproxima.

— Kates, eles querem que você faça um teste de luz — diz ela, ignorando Sky. — Trevor, eles também estão chamando você. Vocês farão uma foto juntos.

— Nossa, ficará meio estranho com essa camisa que você está usando — provoco Trevor, que olha nervoso para Sky.

— Vou dar uma palavrinha com o fotógrafo, querido — diz Sky entre os dentes.

Nadine revira os olhos e nos afasta de Lil e Marlena, com Sky seguindo bem atrás.

A sessão em si demora menos de uma hora. Sky só concordou em participar se fosse rápido. Tudo bem para mim. Talvez eu ainda consiga ir à reunião. Ou terminar de estudar. Primeiro dou um abraço em Melli antes de ir e avisá-la sobre Marlena. Ela se aproxima do sofá para encontrá-la.

— Marlena, essa é a minha mãe no programa — digo, colocando o braço no ombro de Melli. — Achei que talvez você quisesse o autógrafo dela também.

Marlena grita, alegre, e pula do sofá para nos abraçar. Melli ri.

— Já pegou tudo? — pergunta Nadine, aparecendo do meu lado.

Pego minha bolsa e a penduro no ombro.

— Sim — respondo, batendo na bolsa.

— Tchau, Marlena — digo rindo. Ela está ocupada conversando com Melli.

— Ah! Tchau, Sam — diz ela, distraída.

Melli balança a cabeça e se afasta.

Quando estou quase chegando em casa, lembro-me de que tenho de enviar um e-mail para Laney sobre a sessão de fotos. Ela não pôde ir por causa de uma coletiva com a imprensa em Santa Monica.

— Não posso deixar Russel sozinho com os repórteres — disse ela.

Enfio a mão na bolsa para pegar meu Sidekick. Quando não consigo encontrá-lo, coloco-a no meu colo e começo a tirar tudo de dentro: meus óculos Gucci, meu caderno de francês, minha outra calça jeans.

Mas ele não está ali.

— Algo errado? — pergunta Nadine.

Começo a abrir e a fechar os compartimentos internos.

— Sim, eu não consigo achar meu Sidekick — digo, tentando não entrar em pânico. — Tenho certeza de que ele estava comigo.

— Ele tem de estar aí — afirma Nadine.

Levanto a bolsa e começo a sacudi-la para tentar ver se algo cai. Mas ele não está ali.

— Nadine, acho que temos um problema

QUINZE *Desespero total*

Terror. Depressão. Pânico.

Essa é a melhor maneira de descrever o que está acontecendo. Parece até uma cena tirada do filme *King Kong*, com todos gritando com todos sobre o meu Sidekick desaparecido. E, uma vez na vida, eu concordo com a minha equipe.

Se meu Sidekick não foi levado com o lixo (o que é bem improvável) e foi roubado mesmo, então, eu estou ACABADA. COMPLETAMENTE ACABADA. Ou, como diríamos em francês, *danger de mort*.

Procurei em todos os lugares, incluindo a Boom! Nadine, Rodney e eu refizemos nosso caminho até o estúdio, mas não achamos nada.

Liz continuava mandando e-mails para o meu Sidekick com mensagens como:

PRINCESALEIA25: Se você devolver esse Sidekick para a polícia, vc terá recompensa $$$$$ (ou se eu encontrar vc primeiro, um chute na bunda!)

Laney ligou para os editores da *TV Tome* e fez o que sabe fazer de melhor: ameaçar com um processo. Ela está preocupada que minhas anotações acabem na internet, o que aconteceu uma vez com uma *socialite* que estava sempre em festas barra-pesada. Os hackers conseguiram ler os e-mails dela e fizeram o download da agenda de telefone, que continha o número de todos os seus amigos famosos. A história estava em todas as revistas e noticiários.

Nadine acha que aquela menina, Marlena, pegou meu Sidekick. Afinal, deixei minha bolsa no sofá perto dela durante toda a filmagem. Ela disse que Marlena deve ser uma fã de mentira instruída pela tia para que pudesse vendê-lo por uma pequena fortuna para os tabloides. Laney ficou louca com a mera menção disso e chegou a ligar para a Boom! e exigiu falar com Lil. Só que ela pediu demissão depois da sessão de fotos na tarde de sábado e o telefone que ela deixou no estúdio está *fora de serviço*.

— ELA NEM DEVE SER TIA DA GAROTA! — gritou Laney para a pobre recepcionista da Boom! que atendeu à ligação. Depois que Laney ameaçou tirar o emprego dela, caso ela não encontrasse o endereço de Lil, a menina se desmanchou em lágrimas. Nadine se sentiu tão mal que sugeriu que ela fosse uma convidada especial no set de filmagens da *Family Affair* na próxima temporada. Laney, porém, acha que a menina faz parte da conspiração do Sidekick.

Não posso culpá-la. Tudo o que penso agora é na pessoa que pode estar lendo meu Sidekick nesse momento. Será o assistente do fotógrafo? Marlena? A mulher do banheiro que fechou a cara para mim quando sorri para ela?

Gostaria de perguntar a Sky. Ela me viu usando o Sidekick no sábado de manhã. Na minha opinião, ela é a suspeita perfeita.

— Mas se fosse a Sky, você já teria lido sobre isso no *The New York Post* — disse Laney, fazendo pouco caso da minha opinião. — Ela nunca deixaria isso passar por tanto tempo. Ela já teria usado isso para conseguir o papel de Hutch Adams.

Acho que ela tem razão...

Mamãe nunca disse isso em voz alta, mas acho que ela teme que o episódio do Sidekick me custe o papel no filme de Hutch Adams. Enquanto a resposta de papai foi racional:

— Seu Sidekick não deve ter caído nas mãos de alguém do mal.

E Matt riu do episódio:

— Não acredito que você deixou o aparelho *no sofá*.

Mamãe está em pânico.

— Você tem certeza de que não está no seu quarto? — pergunta ela pela décima quarta vez enquanto revira o meu quarto, que Anita acabou de arrumar, e arranca as roupas do meu armário. Ela não mudou o conjunto preto da PB&J Couture que está usando desde ontem, o que é incomum nela.

— Mamãe, eu já disse. Eu estava com ele na sessão de fotos.

Um par de tênis Puma voa na minha direção.

— Não acredito que você deixou sua bolsa dando bobeira — diz ela, franzindo o cenho, coisa que ela tenta evitar para não acentuar as rugas. — Talvez você o tenha jogado fora por acidente.

— Vamos *rezar* para que ela tenha jogado fora — resmunga Nadine.

Ela está agarrada à sua bíblia, a qual não largou desde o incidente com o Sidekick. Está paranoica achando que alguém possa querer uma outra fonte de informações. Na noite passada, chegou a dormir com ela sob seu travesseiro da Discount World, o que deve ter sido bastante desconfortável.

Meu telefone toca e eu atendo. É Laney.

— Coloque-me no viva-voz — ordena ela, parecendo feliz. — Tenho boas notícias — anuncia Laney para todos nós. — As exigências de Sky para a sessão de fotos da *TV Tome* estarão na *Celeb Inside* de hoje.

— Você está se referindo ao fato de ela só concordar posar por uma hora? — pergunta Nadine. — Como eles descobriram isso?

— Eu devo ter deixado isso escapar em alguma conversa — responde Laney. — Eles ficarão tão ocupados procurando saber sobre esses atos horríveis de Sky que esquecerão de Kaitlin por alguns dias. Isso nos dará mais tempo para descobrirmos onde o Sidekick foi parar.

SEGREDO NÚMERO 16 DE HOLLYWOOD: Algumas vezes, os assessores de imprensa jogam tão sujo quanto seus clientes. Eles plantam notícias na imprensa se isso os ajuda a sair de uma situação desesperadora. E não são só eles: celebridades, editores de revistas, fotógrafos e qualquer outra pessoa com sede de vingança pode discar para um repórter de fofocas, causando sérios danos à imagem de sua vítima.

— As pessoas sabem que você é assessora de imprensa — digo em pânico. — Será que eles não suspeitarão de nada?

— Não fui eu que liguei — responde Laney, tranquilizando-me. — Minha assistente ligou usando o telefone celular de um entregador e dando um nome falso.

Mordo o lábio. Espero que Laney esteja certa.

— Você tem de ir para a escola, Kates — lembra Nadine. — Sua mãe me ajudará a procurar no seu quarto novamente.

— Na verdade, tenho massagem marcada às dez — protesta mamãe.

— Quanto mais pessoas procurando, melhor — acrescenta Nadine, ignorando-a. — Ligaremos para o seu celular se encontrarmos — diz ela.

— Ou se você receber uma ligação de Hutch Adams — peço.

Na verdade, eu liguei para ele no sábado, depois do incidente com o Sidekick, como Laney sugeriu, para ver se as sobrinhas dele tinham gostado dos autógrafos que eu enviara. Ele estava no estúdio de edição na Wagman, finalizando os efeitos sonoros do seu último filme, *Difícil de morrer*. Ele estava mcio distraído, mas eu posso jurar que o ouvi dizer:

— Elas estão doidas para passar algum tempo com você.

Mas talvez eu só tenha imaginado isso. Minha cabeça obviamente não está muito boa no momento.

Rodney e eu partimos para a Clark Hall em silêncio. Só consigo pensar no estrago que meu Sidekick pode fazer se cair em mãos erradas. Minha vida inteira está registrada naquele aparelho: o número de telefone dos meus amigos, minha agenda para os deveres de casa do colégio, além de alguns e-mails muito comprometedores sobre minha vida dupla. Se alguém descobrir isso, *danger de mort* será pouco para descrever minha situação, pois serei banida da vida de Hollywood. Estou começando a me dar conta de que por mais agitada que minha vida seja, eu não quero que isso aconteça. E não quero *mesmo* que Sky ganhe o papel para o filme de Hutch Adams.

Depois que Rodney me deixar no colégio, arrasto meus pés enormes pelo campus até o meu armário. Estava tão distraída essa manhã, que não percebi que vesti um suéter de gola alta rosa 10% algodão com meu jeans favorito da Chloe. Espero que Liz não perceba, já que ela está me aguardando próxima ao meu armário, usando exatamente o mesmo modelo, embora ela não esteja usando um suéter de poliéster. Em vez disso, está com um top maneiro de listras azul-marinho e vermelhas. Quando me vê franze a testa.

— Sei que estou usando uma calça do meu guarda-roupa — digo, antes que ela tenha tempo de abrir a boca. Liz aperta os lábios pintados com brilho vermelho, mas não responde. — O que foi? — pergunto, ansiosa. — Tem algo a ver com o meu Sidekick?

— Não, mas você também não vai gostar disso — afirma Liz lentamente.

Antes que ela tenha tempo de esclarecer, Beth e Allison chegam. Beth está carregando um cartaz no qual está escrito BAILE DE PRIMAVERA.

— Liz já contou as novidades?

— Que novidades? — pergunto olhando para Liz de cara amarrada e para Beth e Allison que exibem sorrisos radiantes.

— Encontramos uma substituta para Kaitlin Burke! — exclama Beth.

Solto um suspiro de alívio. Uma coisa a menos para eu me preocupar.

— Que ótimo! Quem é?

Beth e Allison olham uma para outra e sorriem.

— Sky Mackenzie — respondem elas em uníssono.

— VOCÊS CONVIDARAM SKY MACKENZIE? — grito, esquecendo meu sotaque britânico.

As pessoas que estavam passando no corredor param para olhar.

— Ei... — disse Allison apontando para mim. — O seu sotaque...

— Nossa, ficou muito bom — interveio Liz, dando tapinhas nas minhas costas. — Parece que já está pegando o sotaque americano.

— Você não gosta de Sky? — pergunta Beth.

— Não é isso... — começo, tentando me recuperar do choque.

— Ela é ainda melhor do que Kaitlin Burke — interrompe Allison, passando a mão pelos longos cabelos castanhos. — Sky não está o tempo todo na *Hollywood Insider* como Kaitlin.

Allison olha para Liz com o canto dos olhos e Liz a encara abertamente.

— Ela parece ser legal — acrescenta Beth. — Vamos conversar novamente essa noite. Ela quer saber tudo sobre a Clark Hall para descobrir como pode nos ajudar. Como o baile é na sexta-feira, não temos muito tempo.

Sky está ligando para Beth? Estranho... Normalmente, o assessor de imprensa dela é quem lida com todos os detalhes. Beth deve estar enganada. Mas antes que Beth e Allison consigam indicar Sky para o prêmio de Melhor Atriz do Ano, o sinal para a primeira aula toca.

— Temos de ir, mas não se esqueçam de que começaremos a decorar o ginásio depois das aulas de hoje — lembra-nos Allison. Ela abaixa e massageia a panturrilha que está à mostra, já que está usando uma linda saia rosa plissada. — Passei duas horas na aula de dança ontem à noite para compensar minha falta de hoje.

Com isso, ambas partem deixando a mim e Liz sozinhas.

— Eu não devia ter me oferecido para liderar este comitê — desculpa-se Liz. — Se eu soubesse que elas iam sugerir uma celebridade para apresentar o evento...

— Tudo bem — respondo ainda meio trêmula.

Mas na verdade, nada está bem e eu não consigo me segurar mais. Meus olhos enchem-se de lágrimas. Uma vez mais, Sky vai estragar tudo.

— Vai dar tudo certo, Kates — consola-me Liz, abraçando-me.

— Isso não é justo — reclamo, sem me preocupar com as pessoas que estão passando e que se viram para olhar o que está acontecendo. Embora eu mantenha a voz baixa. — Meu Sidekick deve estar sendo examinado por alguém da *In Touch*, Hutch Adams ainda não decidiu se me quer no filme dele e, o pior de tudo, agora não poderei ir ao baile com Austin.

— Não se esqueça de que o seu disfarce não foi descoberto — lembra Liz, com um tom de voz suave. — Também não sabemos onde o Sidekick está. Ele pode estar no depósito de lixo. — Eu fungo. — Você mesma disse que Laney ligou para alguns jornalistas de fofoca e ninguém disse nada, certo? — Eu concordo com a cabeça. — Então, por que você não poderá ir ao baile?

Lanço a ela um olhar que quer dizer "você sabe que as coisas não são tão simples assim".

— Sky não vai desconfiar de nada — afirma Liz em voz baixa e tom confiante. — Por que ela desconfiaria? Eu sou aluna daqui e não Kaitlin. Isso não passa de uma terrível coincidência.

Eu fungo de novo e Liz procura em sua enorme bolsa de jeans envelhecido um saquinho de lenços de papel.

— Obrigada.

Assoo o nariz de uma forma nada feminina e pego outro lenço para enxugar as lágrimas. Tento não borrar o lápis e o rímel, mas depois me lembro de que a "Rachel" não usa maquiagem. Você precisa se concentrar, Kaitlin!

Devido ao choro, minha lente de contato do olho direito sai do lugar. Olho no espelho do armário e tento colocá-la, mas, em vez disso, ela cai do meu olho.

— Liz, perdi a minha lente! — exclamo.

Agacho-me no chão para procurá-la. Liz coloca a bolsa no chão e começa a procurar também. Ambas passamos as mãos pelo chão vermelho.

— Perderam alguma coisa?

Pelo canto dos meus olhos, olho para cima. Ai, meu Deus, é Austin. Ele está lindo de mocassim, bermuda cargo e uma camisa polo azul *royal*.

— Olá, Austin. — Tento parecer natural e rapidamente baixo a cabeça. — Eu perdi minha lente de contato.

— Mas você não usa óculos? — pergunta ele, parecendo confuso.

Xiii!

— Estou fazendo um teste com um par de lentes de contato — invento rápido. — Mas parece que isso não vai funcionar.

— Você precisa de ajuda? — oferece ele.

— Não, está tudo sob controle — responde Liz, mas Austin se ajoelha assim mesmo.

— Não pode ter caído longe demais — raciocina ele.

Ele passa a mão pelo chão. Liz olha para mim. Sei exatamente no que ela está pensando. Se ele notar que as lentes são castanhas, ou, pior ainda, se ele vir meu olho verde...

— Achei — gritou Liz.

Ela me entrega a lente e eu a coloco de volta no olho sem limpar nem nada.

— Nossa! — ri Austin, parecendo chocado. — Você não deveria limpá-la antes de colocá-la?

— Não trouxe o produto — admito. — E não posso ficar andando por aí com uma lente só, então...

— Temos de ir, Rachel — intervém Liz. — Já estamos atrasadas para a primeira aula.

— Eu também — concorda Austin. — Minha mãe ficou presa no trânsito, então estou atrasado para a aula da Sra. D. — Ele mostra um bilhete. — Espero que ela aceite isso. Minha mãe escreveu em francês.

— Se isso não funcionar, não sei o que pode funcionar.

Junto meus livros que estavam no chão e coloco os óculos com armação de tartaruga sobre eles, torcendo para que Austin não perceba.

— Vejo vocês na aula do Sr. Klein. Tenho de correr para a aula de geometria no prédio norte.

Liz vai embora, deixando Austin e eu sozinhos.

— Pronta? — pergunta ele.

Aceno com a cabeça, sentindo o olho coçar devido à lente suja. Com tudo o que está acontecendo, acho melhor contar a ele que não posso ir ao baile.

— Sobre sexta-feira... — começo.

— Ah é — comentou Austin, passando a mão no cabelo com gel. — Tentei ligar para você no final de semana, mas acho que você não estava em casa.

Penso em Nadine carregando o telefone de "emergência" que arrumamos para as ligações da Clark Hall. Tenho certeza de que ela ignorou as chamadas por causa do drama causado pela perda do Sidekick.

— É, eu voltei do casamento mais tarde do que planejei — expliquei, aliviada por lembrar da desculpa que inventei para a ausência no final de semana. — Mas sobre o baile...

— É sobre isso que quero falar. Você quer que eu alugue um carro para nos levar? Duvido que minha mãe vá me emprestar o dela, já que eu só tenho a carteira provisória — ri ele.

— Não precisa.

A quem estou querendo enganar? Não posso cancelar! Se o resto da minha vida está descendo pelo ralo, então, o mínimo que posso fazer é aproveitar uma última noite de felicidade... Isto é, se as anotações do meu Sidekick não forem publicadas no *US Weekly* antes disso.

— Por que não nos encontramos no baile? — sugiro, acabando com o dilema de Austin aparecer na minha megamansão. — Não gostaria que Beth e Allison chegassem sozinhas. Elas não têm um par.

— Tudo bem. Acho que você está certa. — Ele parece perdido em pensamentos. — Vamos nos encontrar lá, então. Só espero que nos reconheçamos.

— O que você quer dizer? — pergunto, confusa.

— Você estará vestida de Kaitlin! — ele ri. — Mal posso esperar para ver isso.

— Eu também — respondo, sincera.

DEZESSEIS *Uma noite com milhares de estrelas*

— Viu como foi bom você não ter cancelado com Austin? — pergunta Liz, enquanto penduramos na parede do ginásio um imenso cartaz no qual estava escrito UMA NOITE COM MILHARES DE ESTRELAS.

É sexta-feira de manhã e Allison, Beth, Liz e eu estamos dando os retoques finais na decoração do ginásio, que não pôde ser usado por ninguém durante a semana, exceto pelos membros do comitê. Chegamos a colocar papel preto nos vidros das janelas para que ninguém, incluindo as fofoqueiras da Lori e da Jessie, pudesse ver a decoração antes de hoje à noite.

— Não, acho que esse evento está sendo superestimado — brinco. — Acho que não venho.

Nós duas começamos a rir.

Na quinta-feira, como não houve nenhuma menção do meu Sidekick nas revistas de fofoca, Laney, Nadine, meus pais e eu começamos a relaxar um pouco. Acho que *devo* tê-lo jogado fora por acidente.

— Um compactador de lixo já deve ter destruído o aparelho, apagando todos os traços de e-mails comprometedores com ele — afirmou Laney, satisfeita.

Ela celebrou isso encomendando um Sidekick II coberto de cristais Swarovski.

— Sarah Michelle tem um igualzinho — afirmou ela.

Acho que Sky aprovaria.

Mamãe está tão feliz com o desfecho, que se ofereceu para ajudar a procurar algo que Kaitlin usaria para um baile. Acho que o fato de Sky ser a apresentadora do evento é só uma triste coincidência. Laney ainda conseguiu inventar uma desculpa para o caso de eu ser pega.

— Você está fazendo uma pesquisa secreta para a matéria de capa da revista *Marie Claire*. Eles queriam que você experimentasse o gostinho da vida normal — explicou Laney. — Tenho certeza de que consigo que o editor nos acoberte.

Comecei a acreditar, porém, que a verdade não seria exposta. Hoje à noite só quero saber de dançar com Austin no meio do ginásio sob um mar de bandeirolas que penduramos no teto ao som de "Your Body is a Wonderland" de John Mayer.

E amanhã... bem, amanhã, depois que Hutch Adams voltar de Viena, onde está passando férias com sua terceira esposa, Seth jura que ele ligará com a decisão. Os boatos dizem que Sky e eu somos as preferidas para o papel, o que me faz querer vomitar.

— Quando você conseguir o papel — afirma Laney, confiante —, você terá de sentar comigo, Nadine e seus pais para bolarmos uma maneira de Rachel sair da escola sem que ninguém note.

Espero que tudo saia bem. Talvez eu consiga um modo de contar a Austin quem eu realmente sou. Na verdade, estou doida para conversar com Liz sobre isso, mas se Laney ou Nadine ouvirem sobre eu querer contar a verdade a Austin, mesmo que hipoteticamente, eu não viverei para ver o sol nascer novamente.

Sinto que a noite de hoje será perfeita. A decoração do ginásio ficou linda. Em uma extremidade, colocamos o palco, onde ficarão o DJ e Sky. (Ela ficará por um tempo anunciando algumas músicas e para dizer como está feliz de poder participar do evento.) Em outro canto, criamos uma falsa área externa que lembra o restaurante The Ivy. Esse é o local onde ficará a comida, que consiste em nuggets de frango, cachorro-quente e pizza, ou seja, o tipo de comida que eu sempre quis que fosse servida no The Ivy de verdade.

A melhor parte da transformação do ginásio, porém, foram os murais. O pessoal da arte finalmente pôde colocar seu talento em prática ao pintar fundos diferentes para cada parede. Há o letreiro de Hollywood, o Grauman's Chinese Theatre, uma rua de um estúdio e o quarto — que foi minha ideia, muito obrigada — é uma foto de um monte de *paparazzi* tirando fotos. O fotógrafo do colégio ficará nesse canto para tirar fotos dos casais. Todos que tirarem fotos ganharão uma capa para a foto que diz FUI PERSEGUIDO NO BAILE "UMA NOITE COM MILHARES DE ESTRELAS" NA CLARK HALL.

Legal, né? É surpreendente pensar que a decoração de papel machê, cola e purpurina possa ser mais excitante que qualquer festa de Hollywood das quais costumo ser convidada VIP.

— Rachel, sou obrigada a admitir — diz Allison, dando um passo para trás a fim de admirar o cartaz que Liz e eu acabamos de pendurar. — Para alguém novo nos Estados Unidos, você parece conhecer bem a cultura de Hollywood. Esse mural dos *paparazzi* está demais!

— Obrigada — rio. — Temos fotógrafos perseguindo celebridades no Reino Unido também. Pergunte ao Príncipe William.

Beth envolve nós quatro em um abraço coletivo.

— Estou tão orgulhosa de nós — exclama ela. — Nem mesmo o Sr. Klein poderá dizer algo ruim sobre o trabalho maravilhoso que fizemos.

— E você sabe que ele tentaria se pudesse — concorda Liz.

— Mas Beth foi a campeã por ter dado a ideia de termos como apresentador uma celebridade — aplaude Allison. — *Principalmente* depois que Kaitlin Burke disse não.

Só preciso aguentar mais algumas horas e espero não ter mais de ouvir que pessoa horrível eu sou por um tempo. Pelo menos, não dito na minha cara.

— Não vamos começar com isso de novo — avisa Liz.

— Sabia que Sky me ligou na noite passada de novo? — conta Beth, parecendo maravilhada. — Ela disse que pode até ficar mais do que uma hora e que talvez traga Trevor Wainright!

Allison suspira.

— Eu o adoro!

— A Sky é tão legal! — exclama Beth, balançando os cabelos cacheados.

— Hã, não vamos esquecer que ela também está ganhando algo com isso — interrompe Liz. — Ela está trazendo um repórter com ela. Não se esqueçam de que ela está fazendo isso para ganhar publicidade.

Obrigada, Liz.

— Ela prometeu ao assessor de imprensa dela fazer isso — defende Beth. — Ela *quer* fazer isso. Ela me disse que o baile de primavera chegou na hora certa. Ela estava ligando para Tom Pullman para perguntar a ele como poderia participar de um evento de caridade para o programa...

Difícil de acreditar.

— ... e ele disse a ela que ele tinha uma oportunidade perfeita que Kaitlin acabara de recusar — continua Beth.

Ah! Ela nunca deixaria passar algo assim!

— Ela parece ser bem legal — acrescenta Beth. Liz torce o nariz. — A única coisa estranha foi quando ela gritou com a mãe por interromper nossa conversa. Na verdade, minha mãe entra nas minhas ligações particulares o tempo todo.

Agora, sim. Essa se parece mais com a garota que eu conheço.

— Ela disse que me conhecia? — pergunta Liz. — Nós não nos damos muito bem.

— Ela disse que se lembrava vagamente de você — disse Beth.

Claro que Sky se lembra de Liz! Elas já se encontraram dezenas de vezes.

— A que horas vamos nos encontrar na sua casa, Liz? — interrompe Allison.

— Estava pensando em nos encontrarmos logo depois da aula para termos bastante tempo antes que Josh chegue — afirma Liz, alegre.

Ela vai de Angelina Jolie e seu par vai de Brad Pitt. Beth vai de Halle Berry e Allison vai como Lindsay Lohan — nos tempos clássicos de ruiva.

— Você disse a Rob que reservaria uma dança para ele? — pergunta Allison a Beth.

Beth fica vermelha como um pimentão.

— É — despista ela. — A que horas você marcou com Austin, Rachel?

— Combinei às sete e meia em frente ao The Ivy.

Essa foi a minha vez de ficar vermelha. Mas sou salva pelo sinal antes que alguém tenha chance de dizer outra coisa.

— Todas na minha casa às três e meia! — grita Liz, enquanto sai do ginásio.

Olho as outras partirem e ligo para Nadine. A essa altura, a Sra. Desmond sabe que eu nunca consigo chegar na hora, então, não me importo mais de levar outra advertência de atraso.

— Alô — atende Nadine. — Tudo bem?

— Acho que sim — respondo e relato a ela as coisas que Beth contou sobre Sky. — Você não acha estranho Sky estar tão empolgada sobre um baile de colégio?

— É estranho, sim — responde Nadine, distraída. Posso ouvir que ela está fazendo anotações em sua bíblia. — Mas acho que você está dando muita importância ao fato.

Sinto minhas mãos começarem a suar.

— Eu não acho. Na verdade, acho que isso serve para provar que ela roubou meu Sidekick — digo, exaltada.

Nadine para.

— Ela poderia ter roubado o seu Sidekick, mas se ela tivesse feito isso, a essa altura já teria deixado vazar alguma coisa para a imprensa a fim de conseguir o papel no filme de Hutch Adams. Ela é sempre tão rápida para ligar para os tabloides. Por que ela manteria algo tão suculento em segredo?

— Não sei.

Agora estou nervosa *mesmo*.

— Acho que você só está ansiosa por causa do encontro com Austin — diz Nadine, tentando me acalmar. — Mas vamos fazer o seguinte. Se isso vai fazer você se sentir melhor, vou ligar para sua mãe e para Laney e contar sobre Sky. Ligo para você de volta se elas acharem que há algum problema. Vá para suas aulas e depois para a casa de Liz se arrumar.

— Tá legal!

Tento me acalmar. Nadine está certa. Tenho certeza de que só estou procurando problemas. Mas não consigo deixar de me sobressaltar quando Nadine envia mensagens de texto para o meu Sidekick II.

Sexta-feira 16/4 18h

FUTUREPREZ: Conversei com Laney. A única ligação q/ ela recebeu sobre vc foi da *Celeb Insider* pedindo uma declaração sobre estar cotada para o próximo filme de Hutch Adams.

PRINCESALEIA25: Jura?

FUTUREPREZ: Juro, mas a sua mãe, Laney e eu não vamos dar chance ao azar.

PRINCESALEIA25: Vcs estão preocupadas?

FUTUREPREZ: Não. Apenas preparadas. Rod e eu vamos c/ vc para nos certificarmos de que nada sairá errado.

PRINCESALEIA25: Como?

FUTUREPREZ: Vc vai ver. Só avise a Liz.

— Rachel, com quem você está trocando mensagens? — pergunta Allison, enquanto pinta as unhas de rosa-claro.

— Era a minha mãe — respondo, guardando meu Sidekick II na bolsa.

— É melhor parar com isso e acabar de se arrumar! — exclama Beth, sacudindo a mão que segura o rímel. — Temos de sair em uma hora.

Às 18h55, Angelina, Halle, Lindsay e eu, a falsa Kaitlin Burke, finalmente ficamos prontas. Tudo que falta é encontrar o par de Liz, Josh, que chegará às sete. Nunca vi Liz tão nervosa. Ela estava mexendo o tempo todo no aplique de cabelo e verificando as tatuagens de mentira para se certificar de que não haviam borrado.

— Liz, você nos ultrapassou a todas — digo, surpresa, admirando seu vestido tomara que caia preto de couro e sandálias de tiras de salto alto. Olho para o andar debaixo e vejo um rapaz segurando uma caixa rosa. Ele está andando de um lado para o outro.

— Ele já está aqui — sussurro.

Liz coloca o cabelo do aplique atrás da orelha e desce as escadas de mármore rosa até a porta de entrada.

— Oi — murmura Josh, limpando a garganta quando vê como Liz está linda.

Para compor o seu Brad Pitt, Josh está usando calças jeans envelhecidas, uma camiseta cinza que marca o corpo musculoso e exibe marcas arroxeadas no rosto e nos braços.

— Uau! Quem fez a sua maquiagem? — pergunta Beth a ele. — Esses machucados estão demais.

— Eles são de verdade — explica Liz, orgulhosa. — Josh venceu o campeonato de kickboxing na quarta-feira à noite.

Josh fica meio sem graça, chegando a corar um pouco.

— Olá, meninas, Josh — cumprimenta-nos o Sr. Mendes, passando pelas escadas enquanto coloca o casaco. — Divirtam-se.

Ele está usando uma jaqueta de couro e óculos escuros na cabeça, embora já seja de noite. O Sr. Mendes dá uma piscadela para mim e eu pisco de volta. Ele é a única pessoa fora da minha casa que sabe do meu segredo. Laney achou que meu advogado seria uma boa pessoa para saber de uma coisa dessas, em caso de emergência.

— Espere, papai. Você não vai nos levar? — pergunta Liz.

— Na verdade, eu tive uma ideia melhor — ele ri, abrindo a porta da frente.

Olhamos para fora. Na alameda de entrada encontra-se uma Limusine Hummer preta. Em frente a ela, usando um smoking, está ninguém mais, ninguém menos do que Rodney. Ele não está acostumado a se vestir de maneira tão formal e parece desconfortável com o último botão da camisa abotoado.

— Rod!

Os reforços chegaram.

— Boa-noite, senhoritas — interrompe-me Rodney, antes que eu estrague tudo. — Sou Rodney e serei o chofer de vocês essa noite.

Ele se inclina para a frente e faz uma pequena mesura. Allison ri.

— Isso é muito maneiro! Aposto que ninguém mais chegará de limusine esta noite.

— A não ser Sky — lembra Beth.

— Divirtam-se, meninas — o Sr. Mendes pisca novamente para mim e para Liz. — E Josh, traga minha filha para casa na hora marcada.

— Claro, s-senhor Mendes — gagueja Josh.

O Sr. Mendes dá um beijo no rosto de Liz e entra em seu Jaguar vermelho. Provavelmente, está saindo para jantar com Gavin Rossdale e Gwen Stefani.

Quando Rodney abre a porta da limusine, não acredito no que vejo. Nadine está usando um terninho creme e uma câmera digital pendurada no pescoço. Ela se aproxima de Liz, sem olhar em minha direção.

— Você deve ser Liz — diz ela, dando um firme aperto de mãos. — Sou Nadine. Seu pai me pediu para tirar algumas fotos profissionais dessa noite.

Tenho de admitir. Nadine é ótima.

— Uau! — exclama Beth, olhando no relógio. — Mas não temos muito tempo...

— Na verdade, eu vou com vocês — informa Nadine. — Rodney vai me acompanhar para que eu tire fotos de vocês e seus pares durante a festa também.

Liz olha envergonhada para Josh.

— É, mas eu não tenho par — anuncia Allison, secamente.

— Você tem a mim — diz Beth, dando o braço a Allison.

— Rachel, ela pode tirar uma foto sua com Austin — diz Allison.

— Ai, acho que vocês vão ficar demais juntos — provoca Beth. — Você se parece muito com Kaitlin Burke — afirma ela, dando um passo para trás para admirar meu vestido oriental verde de alta-costura da So Chic.

Trata-se de um vestido que Sam usou em um jantar. Eu fui para casa com o vestido depois de uma gravação que acabou tarde e acabei esquecendo de devolver. Acho que ninguém deu falta.

Segredo número 17 de Hollywood: Os estilistas de Hollywood fazem várias réplicas de uma roupa muito importante. Se é algo que o ator tem de usar o tempo todo, eles não podem arriscar que a peça seja estragada durante as filmagens, então eles têm mais de uma. Quando você vai ao Planet Hollywood e vê a capa do Super-homem, lembre-se de que há várias, igualzinhas, nos depósitos dos estúdios. Em *Family Affair*, temos dez réplicas do uniforme de torcida organizada de Sam.

A parte mais difícil para compor a imagem de Kaitlin Burke foi a peruca. Tive de optar por uma peruca sintética louro pálido para cobrir meus cabelos louros. Tranquei-me no banheiro de Liz para fazer isso e escondi minha peruca castanha curta embaixo da pia.

— Obrigada, Beth. Você está ótima de Halle também.

Ela sorri para mim. Ela prendeu os cabelos para trás e está usando um lindo vestido de dama de honra que usou no casamento da irmã. O vestido de cetim se parece muito com o modelo que Halle usou no SAG Awards do ano passado. Allison também está linda, usando uma peruca ruiva longa e um minivestido justo e curto que deixa suas pernas de dançarina de fora.

Josh pega a mão de Liz e ajuda-a a entrar na limusine, depois ele se vira e ajuda Beth e Allison. Enquanto elas sorriem e entram, não posso deixar de me sentir um pouco culpada. Beth e Allison sempre foram legais comigo. Na verdade, com Rachel. Eu me pergunto o que elas vão pensar quando eu deixar a Clark Hall.

— Rachel, ou melhor, Kaitlin, você não vem? — pergunta Allison.

Pego a mão de Josh e entro. Pelo menos não vou esquecer o meu nome essa noite. Sento-me e a bolsa de cetim verde que está no meu colo começa a vibrar. Pego o celular e olho para a tela. É Laney.

— Olá, *mamãe* — atendo.

— ESTÁ SE SENTINDO MELHOR SOBRE HOJE À NOITE? — grita Laney. Ouço o som de pessoas gritando ao fundo e câmeras batendo fotos. Ela deve estar em alguma estreia.

— Sim, mamãe. — Olho para Liz e para Nadine. — Queria que você visse a limusine e a fotógrafa que o pai de Liz arrumou pra gente.

— FOI IDEIA DE NADINE. NÃO QUE VOCÊ PRECISE SE PREOCUPAR. A ÚNICA LIGAÇÃO QUE RECEBI FOI DA *CELEB INSIDER*, QUE QUER UMA DECLARAÇÃO SUA.

— Isso é bom — respondo aliviada.

— MAS LEMBRE-SE: SE ALGUMA COISA DER ERRADO, CONTE AOS REPÓRTERES A HISTÓRIA DA *MARIE CLAIRE*.

— Nada vai dar errado — asseguro.

— AO PRIMEIRO SINAL DE CONFUSÃO, RODNEY E NADINE TÊM ORDEM DE TIRÁ-LA DE LÁ — avisa-me Laney.

— Combinado — concordo.

— NÃO QUERO FALAR SOBRE ISSO AGORA, MAS VOCÊ SABE QUE ESSE É UM SINAL PARA VOCÊ DEIXAR ESSE NEGÓCIO DE ESCOLA DE LADO.

Na minha frente, Beth e Allison estão rindo, enquanto Nadine tira fotos delas usando as perucas uma da outra.

— Eu sei — respondo, triste.

— VOCÊ TEM DE COMEÇAR A SE PREPARAR PARA O FILME DE HUTCH ADAMS. TENHO CERTEZA DE QUE CONSEGUIRÁ O PAPEL.

Depois, Nadine tira uma foto das três juntas, todas usando perucas erradas. Deus, espero que elas não peçam para eu tirar a minha.

— Falaremos sobre isso no fim de semana, OK? — sugiro, olhando para elas.

— TUDO BEM, ENTÃO. DIVIRTA-SE! — ordena Laney. Ao fundo, ouço alguém gritar "Julia" — ESPERE UM MINUTO.

GENTE, TERMINEM LOGO, JULIA TEM DE ENTRAR... KAITLIN, TENHO DE IR.

— Tudo bem, mas você acabou de me dizer para me divertir?

Ela ri.

— POR QUE NÃO? NÃO TENHO NADA MAIS MARCADO PARA ESTA NOITE.

— Obrigada, *mãe* — suspiro. — Falo com você amanhã.

Desligo o telefone assim que chegamos aos portões da Clark Hall. Rodney atravessa o campus com a limusine e para no estacionamento do ginásio. Quando começamos a sair do carro, vejo pelas janelas do ginásio luzes vermelhas e azuis, enquanto o DJ solta o som de Black Eyed Peas.

— Se vocês não se importam, gostaria de acompanhá-las até lá dentro — pede Rodney. — Prometi ao seu pai que faria isso — acrescenta ele, olhando para mim.

— Obrigada, Rodney — agradece Liz, segurando a mão de Josh. — Você vai nos pegar depois?

— Sim, no mesmo lugar — afirma ele, enquanto nos encaminhamos para a porta. — Seu pai me disse para levar vocês para onde quiserem.

— Talvez possamos sair para comer algo depois — sugere Liz, olhando para Josh.

— É, se conseguirmos convencer Rachel a se juntar a nós — provoca Beth. — Acho que não conseguiremos afastá-la de Austin.

— Ha-ha — finjo que estou rindo, enquanto a cutuco nas costelas.

— Ei, o que aquele carro da *Celeb Insider* está fazendo aqui? — pergunta Allison, enquanto nos aproximamos das portas duplas do ginásio.

Uma van branca com cabos saindo pela porta e entrando no ginásio está parada próxima aos degraus do ginásio.

— Ah! Isso deve ser para a Sky — comenta Beth, distraída. Ela me disse que talvez houvesse gente da imprensa para cobrir sua aparição.

— Isso deve explicar por que a *Hollywood Nation* está aqui também — acrescenta Allison, apontando para outra van parada um pouco mais à frente.

— Achei que você tinha me dito que era apenas um repórter de uma revista — exclama Liz.

— Qual a diferença? — pergunta Beth, dando de ombros.

Olho para Nadine e para Liz. Nadine desvia o olhar e volta-se para Rodney.

Nadine nunca se perturba com nada, mas agora ela parece um pouco nervosa. Ela entra na nossa frente.

— Por que não tiramos mais algumas fotos de vocês antes de entrarem? — pergunta ela, fazendo um sinal para Rodney. — Rodney, você poderia ligar para a minha assistente, *Laney*?

Ele rapidamente pega o celular no bolso do smoking e começa a discar.

— Tiramos mais fotos depois — diz Beth, passando por Nadine e abrindo a porta, antes que eu tenha tempo de detê-la. — Estou louca para ver o ginásio cheio de gente. — Ela agarra a minha mão e a de Liz. — Vamos, gente!

Beth puxa Liz, Josh e eu pelas portas antes que Nadine consiga impedi-la. Olho para a pista de dança lotada, nervosamente.

Vejo vários Tom Cruise, Paris Hilton e um Johnny Depp, mas nada parece fora do comum. Enquanto Beth me puxa, viro e olho para trás. Nadine está na porta, falando animadamente ao telefone. Devo estar parecendo nervosa, porque quando ela olha para mim, dá um sorriso fraco e faz sinal para Rodney, que está me olhando a distância.

— Você está bem? — pergunta Liz, soltando-se de Beth.

— Tenho certeza de que está tudo bem. — Eu aceno com a cabeça. — Estaremos no estande de fotos se precisar de nós.

Ela acaricia o meu braço e se afasta com Josh e Allison.

— Quero apresentá-la a Sky — diz Beth, arrastando-me.

— Na verdade, tenho de encontrar Austin — afirmo, soltando meu braço. — Encontro você mais tarde.

— Só vai levar um instante — insiste Beth, olhando em volta do ginásio cheio.

Mas antes que ela consiga agarrar o meu braço de novo, Rob Murray se aproxima vestido de Will Smith. Ele sorri para Beth e isso é o suficiente para distraí-la.

— Eu já volto com Austin — desculpo-me e me afasto.

Tento olhar sobre a cabeça das pessoas e vejo o The Ivy do outro lado do ginásio. Tento me apressar, passando pela pista de dança, mas parece que leva uma eternidade. A cada passo, eu vejo alguém que conheço e paramos para conversar sobre as caracterizações. (Tenho de me segurar para não rir quando me perguntam: — "Você está vestida de quem?")

Quando finalmente consigo chegar ao The Ivy, vejo Austin parado sozinho em frente ao café lotado. Ele está mais lindo do que Trevor jamais conseguiu ser, penso enquanto olho as calças de tecido de algodão (uma marca de baixa qualidade de Trevor), uma camisa Lacoste branca (acho que Trevor nem sabe o que é a Lacoste) e óculos escuros pretos estilo aviador. Quando ele me vê, dá um largo sorriso. Sinto um frio na barriga. E, nesse momento, dou-me conta de que, apesar de tudo o que está acontecendo à minha volta, tudo o que quero é chegar até ele e dizer o quanto gosto dele. Será que Austin se sente da mesma maneira? Ele caminha em minha direção, sem tirar os olhos de mim, e eu sinto meu rosto queimar. Estamos quase nos encontrando quando alguém agarra o meu braço.

— Encontrei Sky — exclama Beth, excitada, enquanto Rob balança ao ritmo de uma música de Mariah Carey atrás dela. — Ela quer conhecer você. — Antes que eu tenha tempo de protestar, Beth chama: — Aqui, Sky.

— O que você quer dizer com ela quer me conhecer? — pergunto, girando Beth tão rápido que o colar de pérolas que está usando bate em seu rosto. Rob e ela me olham, parecendo surpresos.

— Ela ficou me fazendo todos os tipos de perguntas sobre a Clark Hall — explica Beth. — Ela queria saber tudo sobre vocês, especialmente sobre você, Rachel.

Sky querendo falar sobre alguém além dela mesma?

— É mesmo? — pergunto, tentando manter a calma. — Por que será?

Olho para a esquerda e vejo Sky abrindo caminho em nossa direção acompanhada por dois guarda-costas e uma equipe da *Hollywood Nation* seguindo atrás. Ela está causando uma comoção e já há uma multidão se formando em torno dela, incluindo Lori e Jessie, que estão vestidas como Mary-Kate e Ashley Olsen. Olho em volta procurando desesperadamente por Rodney. Vejo-o tentando se aproximar, mas dois guarda-costas aparecem e o afastam. Ai, meu Deus! Isso não é bom.

— Ela adora os ingleses — explica Beth. — Ela me perguntou sobre o seu sotaque e como você era e se éramos boas amigas. Ela disse que mal podia esperar para conhecê-la.

Sinto que posso desmaiar a qualquer momento. Seguro o braço de Rob para me equilibrar.

— Você está bem, Rachel? — pergunta Rob.

Ai, meu Deus... *ela sabe.*

Sky roubou o meu Sidekick. Esse é o motivo por que as vans das revistas de fofoca estão aqui.

Preciso chegar até Rodney. Olho na direção do DJ e vejo Nadine totalmente desarrumada gritando no telefone celular. Quando ela me vê, começa a acenar freneticamente. Ela também já sabe.

— Olá, Kaitlin — brinca Austin quando se aproxima por trás de mim. — Você está ótima. Aposto que conseguirá enganar Sky Mackenzie.

— Obrigada — agradeço, distraída, procurando por um espaço para conseguir chegar até Nadine.

Preciso ser rápida. Pego o braço de Austin e começo a puxá-lo, tentando me afastar. Carrego-o comigo e tento explicar tudo.

— Você está ótimo também. Vamos sair daqui.

— Ei, Sky! — chama Beth.

Para a surpresa de Austin, eu enterro minha cabeça no peito dele e ele envolve minha cintura com os braços. Se isso fosse em qualquer outro momento, eu poderia derreter, mas estou assustada demais para aproveitar o momento. Talvez ela não me veja. Talvez ela só passe com a equipe da revista, falando sobre o comercial que acabou de gravar para uma cadeia de hambúrgueres no qual ela só usava um biquíni. (O que um biquíni tem a ver com comer hambúrgueres?)

— Ótima caracterização — diz Sky, parando na frente de Austin e de mim. Ela está usando um minivestido vermelho e parece que está pronta para a guerra. Olho para o chão. — Acho que eu já vi esse vestido antes... Humm... deixe-me pensar... Teria sido no departamento de figurinos de *Family Affair*?

Com certeza, ela sabe. Não há dúvidas quanto a isso.

— Austin, sinto muito. Tenho de ir. Venha comigo — digo rapidamente, tentando me afastar.

— Espere, acabamos de chegar — diz ele, tentando segurar minha mão.

Mas Sky a agarra primeiro.

— Aonde pensa que vai, K.? Você tem algum outro compromisso, Kaitlin? — provoca ela.

Liz, Allison e Josh estão tentando se aproximar, mas ainda estão distantes. Vejo Rodney gritando agressivamente para os dois gorilas que o estão segurando. Olho desesperadamente para Liz, querendo gritar que ela já sabe de tudo.

— Sky, o nome dela é Rachel — corrige Beth, enquanto Rob observa.

— Beth, o nome dela não é Rachel — zomba Sky. — Ela é Kaitlin Burke.

— Você quer dizer que ela está *vestida* de Kaitlin Burke — ri Allison, parecendo não perceber a tensão em torno dela.

— É uma ótima caracterização, você não acha?

Sky dá um riso esganiçado.

— Sky, isso é errado — grita Liz, quando consegue se aproximar.

— Sky, não faça isso — imploro enquanto Austin sussurra no meu ouvido:

— Qual é o problema dela?

Solto minha mão da de Austin e tento correr, mas tropeço no meu sapato da Nine West salto 7,5cm e caio. Austin tenta me ajudar, mas um dos outros dois guarda-costas de Sky o segura enquanto o outro me prende de forma bruta nos seus braços.

— Ei — protesta Austin.

Mas Sky o interrompe e me olha com ar presunçoso.

— Senhoras e senhores, tenho um anúncio a fazer — diz ela no microfone sem fio que um membro da equipe da *Hollywood Nation* entrega a ela.

— Liz, eu preciso chegar até Nadine — grito enquanto luto para me soltar do brutamontes de Sky.

Ela não consegue chegar até mim, mas começa a abrir caminho desesperadamente tentando me alcançar. Mas Sky planejou tudo muito bem. A equipe de repórteres, quatro guarda-costas... Ela não deixou escapar nenhum detalhe. O DJ para de tocar a música de Mariah Carey e todos na pista de dança se viram para ver o que está acontecendo.

— SOLTE-A! — grita Austin para o brutamontes careca com o qual estou lutando para me soltar.

Sky cobre o microfone.

— É melhor vocês ligarem as câmeras agora — diz ela p₂ ⸱
a equipe da *Nation*.

Ela sorri friamente para mim e descobre o microfone.

— Eu não sou a única estrela de *Family Affair* presente
esta noite — anuncia ela, calmamente.

— NÃO! — imploro e tento agarrar o microfone. — Eu
posso explicar! — Mas a minha voz é abafada pela comoção
à minha volta.

— Minha colega de trabalho em *Family Affair* também
está aqui — grita ela. — Clark Hall, olhem a verdadeira Kaitlin
Burke!

A multidão começa a gritar sem perceber o que está
acontecendo.

— Você está errada! — afirma Austin para Sky. — Rachel
está *vestida* como Kaitlin Burke.

— Rachel não existe, querido — diz Sky com voz fria.

Com o meu braço livre tento acertar Sky com a técnica de
kickboxing que Liz me ensinou, mas ela é mais rápida e arranca a peruca da minha cabeça e depois os óculos. Allison dá
um grito sufocado. Meu coração dispara dentro do meu peito e eu sinto que estou prestes a desmaiar, enquanto os holofotes da *Nation* me iluminam. A multidão que nos cerca
começa a cochichar. Liz tenta se aproximar e me pegar, mas
um guarda-costas a vê e puxa de volta.

— Você deve estar brincando. *Ela* é Kaitlin Burke? —
debocha Lori e cutuca Jessie. — *Ela é* Kaitlin Burke?

Jessie encolhe os ombros.

— Eu achava que era só uma nerd.

— Mas o quê...? — Austin parece confuso.

— Ai, meu Deus! Você é a verdadeira Kaitlin. — Beth cobre a boca com a mão.

— Legal — sussurra Rob.

— Eu estava trabalhando em uma matéria para a *Marie Claire* — afirmo, desesperada, piscando devido à luz forte e olhando de Austin para Allison e para Beth.

Mas minha voz é abafada por Sky.

— Vocês foram enganados — anuncia ela para a multidão que agora está em silêncio. — Não existe nenhuma Rachel. Esta é Kaitlin Burke, fingindo ser alguém que não é. Usando lentes de contato castanhas, uma peruca e óculos, além do sotaque falso. Ela mentiu para vocês durante meses.

— Você roubou o meu Sidekick! E é por isso que está aqui! — grito, zangada, tentando me soltar. — Rodney, faça alguma coisa — berro.

Rodney está socando os homens que o seguram e tenta se aproximar de mim.

Sky olha diretamente para mim, e depois se dirige para a câmera da *Hollywood Nation*.

— Vocês estão vendo, América? É disso que estou falando. A minha irmã no seriado *Family Affair*, Kaitlin Burke, está pedindo ajuda de forma desesperada. — Ela força para chorar. — Ela quer ser liberada do contrato e sair do mercado de filmes. Ela deseja uma vida normal. Eu sabia que tinha de ajudar a desmascará-la e mostrar quem ela realmente é. Ela não dá a mínima para nenhum de vocês — acrescenta ela, dirigindo-se agora aos meus colegas. — Ela só está usando vocês para se esconder do mundo.

— MENTIROSA! — grito, desesperada, e começo a chorar enquanto os flashes começam a pipocar à minha volta.

O rosto de Austin está impassível. Tento me aproximar dele para explicar, mas ele passa por Lori e Beth e desaparece na multidão. Sky dá um passo para trás e assiste à cena que se desenrola diante dela com um sorriso de satisfação no rosto.

— Kaitlin, por que você se disfarçou? — pergunta alguém na multidão, colocando um microfone diante de mim.

— Kaitlin, é verdade que você odeia Hollywood?

— Kaitlin, por que decidiu se disfarçar?

As lágrimas não param de escorrer pelo meu rosto, enquanto olho para as expressões chocadas de Allison e Beth. As pessoas estão gritando, mas eu não consigo mais entender o que dizem. Então, vejo Liz e Rodney. Os guarda-costas de Sky me soltam imediatamente e Rodney tenta usar seu corpo como um escudo para me proteger. Nadine aparece do meu lado.

— Estamos com ela — ouço Rodney dizer ao telefone.

Logo depois, eles conseguiram me afastar da multidão e me colocar na limusine. Eu choro histericamente durante todo o percurso.

DEZESSETE *Enfrentando a imprensa*

POR QUE A ATRIZ MAIS QUE FAMOSA KAITLIN BURKE ESTÁ VIVENDO UMA VIDA DUPLA? QUEM RESPONDE A ESSA PERGUNTA É A OUTRA ESTRELA DO ELENCO DE FAMILY AFFAIR, SKY MACKENZIE. CENAS DO BAILE DA ESCOLA, HOJE À NOITE SOMENTE NA HOLLYWOOD NATION.

Mudo para o canal 7.

SERÁ QUE UMA DAS ATRIZES MAIS AMADAS DE HOLLYWOOD DECIDIU SE APOSENTAR AOS 16 ANOS? SUZY WALKER ENTREVISTA SUA MELHOR AMIGA E COLEGA DE TRABALHO, SKY MACKENZIE, PARA DES-COBRIR.

O rosto de Sky aparece na tela. Ela está sendo entrevistada pela repórter Suzy Walker da *Celebrity Insider*.

— Eu já estava preocupada com K. há um bom tempo — afirma Sky para Suzy, com os olhos castanhos cheios de lágrimas. — Então, eu quis ajudá-la a se libertar disso tudo ao expor o que ela vinha fazendo. Só uma pessoa extremamente infeliz faria uma coisa dessas.

— Por que você acha que ela está infeliz? — pergunta Suzy, meneando a cabeça, demonstrando estar levando a sério o que a entrevistada está dizendo.

Sky começa a chorar.

— Ela não quer mais atuar e só faz isso para agradar à família...

ASSISTA AO RESTANTE DESSA ENTREVISTA EXCLUSIVA, JUNTO COM A REAÇÃO DOS COLEGAS DE ESCOLA DE KAITLIN...

Depois vejo Lori e Jessie na frente do prédio sul da Clark Hall.

— Kaitlin é bem-vinda a qualquer momento na Clark Hall.

Ela estava usando uma camiseta justa com a estampa "Fanática por *Family Affair*".

— Somos grandes fãs — completa Jessie.

Ambas acenam freneticamente para as câmeras, enquanto é feita uma panorâmica em um grupo de pais zangados ao lado delas.

— Kate mentiu para nossos filhos ao se passar por alguém que não é só para satisfazer um capricho. É um absurdo! —

exclama uma mulher nervosa usando um terno de linho amarrotado.

VOCÊ FICARÁ SABENDO DE TODA A HISTÓRIA AQUI, NA CELEBRITY INSIDER!

Desligo a televisão e jogo o controle remoto na porta do quarto.

— O que foi isso? — ouço Nadine perguntar. Ela está sentada do lado de fora do meu quarto há uma hora. — Kates, você não pode se esconder para sempre.

— Posso, sim — respondo com teimosia. — Tenho tudo de que preciso bem aqui.

Há sacos de Cheetos e latas de Sprite e pacotinhos de M&M sobre a cama desfeita. É domingo de manhã e eu não tirei o pijama desde que o coloquei, ainda chorando, na sexta-feira.

— Seus lanches vão acabar — afirma Nadine, friamente.

Ignoro Nadine e o telefone, que está tocando novamente.

— NÃO ATENDA! — ouço minha mãe gritar através da porta. — LANEY DISSE PARA NÃO ATENDER.

O telefone não parou de tocar desde sexta-feira à noite, quando Rodney me carregou pela porta da frente, chorando como um bebê. Mamãe e papai estavam me aguardando.

— Eu disse que isso era uma péssima ideia... — começou mamãe.

Passei direto por eles e entrei na cozinha, onde Anita estava preparando um lanche para ela. Peguei algumas coisas e corri para cima e tranquei a porta.

Liguei o rádio para abafar o som de mamãe e Nadine.

ROB SEABRIGHT ESTÁ AQUI E ESSA É A CELEBRIDADE QUE ENTREVISTAREI NESTE DOMINGO! DEPOIS DA DECLARA-ÇÃO SURPREENDENTE DE KAITLIN BURKE AFIRMANDO QUE NÃO QUER MAIS ATUAR, O RUMOR QUE CORRE EM HOLLYWOOD É QUE A GRANDE ESTRELA ADOLESCENTE SERÁ CORTADA DA SÉRIE *FAMILY AFFAIR* NA PRÓXIMA TEMPORADA. O BOCHICHO É QUE SKY MACKENZIE, QUE REPRESENTA SUA IRMÃ, TERÁ UM PAPEL MAIOR. PARECE TAMBÉM QUE SKY SERÁ A ESCOLHIDA PARA O NOVO FIL-ME DE HUTCH ADAMS, PARA O QUAL ELE ESTAVA CON-SIDERANDO, INICIALMENTE, KAITLIN.

Desligo o rádio e solto um berro de estourar os ouvidos.

— Kaitlin! Eu estou mandando! Abra essa porta agora! — É mamãe de novo.

— Eu nunca mais vou sair deste quarto de novo! — grito através da porta. — Minha carreira está arruinada. Austin me acha uma falsa e Rob Seabright disse que Hutch vai contratar Sky! E tudo o que eu queria eram alguns meses de vida normal.

Jogo-me na cama e recomeço a chorar.

— Quem é Rob Seabright? — ouço mamãe perguntar a Nadine.

— Kates, não chore! — sussurra Nadine.

Isso só me faz chorar ainda mais, ignorando o som da maçaneta da porta girando. Logo depois, vejo que a porta está escancarada.

— Olá — diz Matt, calmamente.

Ele entra no quarto carregando uma caixa de pizza.

— Como você fez isso? — pergunto, sentando-me rápido e limpando o rosto com a camiseta manchada de comida.

— Dê-nos um minuto — pede Matt a mamãe e a Nadine, que estão na porta olhando para mim.

Matt fecha a porta e a tranca novamente. Ele me mostra o cartão American Express de mamãe.

— Isso sempre funciona — ele ri. — Já invadi o escritório de papai com esse truque.

— Vá embora. — Mergulho a cabeça no travesseiro. — Você conseguiu o que queria. Minha carreira está acabada. Ligue para Tom. Talvez ele ofereça um emprego para você.

Matt se senta aos pés da cama.

— Eu não quero o seu emprego, Kates. Eu só quero dar uma força.

Ele me mostra a caixa na qual se lê A SLICE OF HEAVEN. No canto, estava escrito: "Ainda amamos você" e abaixo havia a assinatura de Antonio. Levanto a tampa da caixa. O aroma de pimentão, brócolis e queijo envolve o ar. Olho para Matt com ceticismo.

— Por que está sendo tão legal comigo? — pergunto a ele, enquanto pego um pedaço.

Ele dá de ombros.

— Acredite ou não, sinto-me mal com isso tudo.

Ele pega um pedaço para ele e eu reviro os olhos.

— É sério — insiste ele e, depois, ri. — Além disso, se você não limpar o nome da família, eu nunca vou conseguir um contrato!

Isso me faz rir.

— Agora, sim. Esse é o irmão que eu conheço e amo.

Ficamos em silêncio por alguns minutos, enquanto comemos pizza.

— Sua carreira vai sobreviver a isso — afirma Matt, de repente. — Todos acabam sendo pichados pela imprensa. Veja o caso de Britney Spears.

Meneio a cabeça, demonstrando tristeza e conto a Matt o SEGREDO NÚMERO 18 DE HOLLYWOOD: Nesta cidade, você é amado em um minuto e no próximo já está esquecido. Isso é verdadeiro principalmente para jovens astros e estrelas. Quer dizer, veja o que aconteceu com aquele garoto que estrelou *Esqueceram de mim*. Ele era famoso em um minuto e agora nem consegue arrumar trabalho. Você passa por um momento estranho, faz um filme ruim e a cidade simplesmente esquece você. Sempre há alguém mais jovem e mais bonito para assumir o seu lugar. E com um salário bem menor, devo acrescentar.

Matt olha para mim e sorri.

— Mas você está se esquecendo de uma coisa — diz ele. — Você também disse que qualquer um nessa cidade pode reacender sua carreira se quiser isso de verdade. Você pode consertar isso, Kates. Você só tem de explicar por que fez isso.

Ouço a campainha tocar.

— Deve ser alguém da imprensa para me dizer que pessoa horrível eu sou — suspiro.

— KAITLIN BURKE, DESÇA NESSE MINUTO! — Ouço a voz inconfundível de Laney ressoar pelo sistema de intercomunicação da casa.

Matt e eu olhamos um para o outro, instantaneamente aterrorizados.

— VOCÊ ESTÁ OUVINDO, KAITLIN? NÃO VOU SUBIR AS ES-
CADAS COM OS MEUS SAPATOS JIMMY CHOO, MAS FAREI COM
QUE RODNEY SUBA E DERRUBE A PORTA SE VOCÊ NÃO VIER IME-
DIATAMENTE ATÉ A SALA DE JANTAR.

— Vamos lá — chama Matt, puxando o meu braço. —
Não quero ter de acalmá-la. Ela acabou de aceitar trabalhar
para mim.

Rodney, Nadine, mamãe e papai estão sentados na mesa
de jantar de sete metros de comprimento, aguardando por nós.
Laney está andando de um lado para o outro em frente a eles,
usando um terninho preto Versace que confere a ela um ar
muito responsável.

— Oh, querida! Você saiu do quarto! — Mamãe me abra-
ça e sinto sua jaqueta azul-bebê da PB&J Couture aquecendo
o meu rosto. Então, ela cochicha no meu ouvido: — Você
poderia, ao menos, ter penteado os cabelos.

Algumas coisas nunca mudam. Eu me afasto e olho desconfiada para Laney.

— Não diga nada.

— Bem, vou dizer de qualquer modo — responde ela de
forma abrupta. — Você causou uma baita confusão.

— Ela já sabe disso, Laney — responde Nadine, defen-
dendo-me.

— Fiquei pendurada no telefone o fim de semana inteiro
— continua Laney. — Nem tentei usar a história da *Marie
Claire*, pois o problema é grande demais para usá-la. Tive de
ligar para todos os programas de fofoca e ameaçar não con-
ceder mais entrevistas para eles se continuassem com essa
história. Depois liguei para o pai de Liz e abri um processo

legal contra os guarda-costas de Sky por terem segurado você, Liz e Rodney à força. Depois, liguei para a diretora Pearson e pedi que ela intercedesse a seu favor.

— O que ela disse? — perguntei.

— Disse para você não ir à escola na segunda-feira — informa Laney. — Como se fôssemos fazer isso. Você terminará o semestre com a sua tutora.

Não estou surpresa.

— Mas ela dará entrevistas, explicando por que aceitou o seu plano e achou que era uma boa ideia. Ela também me pediu para dizer a você que esse incidente não afetará o amor que sente por *Family Affair* — continua Laney, revirando os olhos.

— Bem, espero que ela continue assistindo, mesmo que eu não esteja mais no programa.

— Tom ligou hoje de manhã — interrompe mamãe. — Ele está preocupado com você, mas ninguém disse nada sobre despedi-la.

— Vocês já tiveram notícias de Hutch Adams? — pergunto, ansiosa.

Mamãe olha para Laney e meneia a cabeça.

— Ainda não conseguimos falar com ele — afirma ela, triste.

Meus olhos se enchem de lágrimas novamente.

— Não tolerarei lágrimas, Kaitlin — diz Laney, dando um soco na mesa. — Hutch provavelmente está esperando algumas respostas. Todos estão. Seus fãs, os alunos da Clark Hall. Todos querem saber por que você fez uma coisa tão maluca assim.

— Mas você disse que eu não podia contar a ninguém! — protesto. — Afirmou que isso acabaria com a minha carreira.

— Isso foi *antes* de isso ter acontecido — explica Laney. — Agora que a história já foi exposta, você terá de se explicar. Diga ao mundo o que você nos disse na noite em que bateu o pé e nos fez aceitar o seu plano de ir para a Clark Hall. Diga a eles que você queria saber como era ser uma adolescente normal, mesmo que isso seja um saco. — Ela abre os lábios vermelhos em um sorriso. — E conte também sobre a pirralha mimada que Mackenzie é e o que ela fez.

— Finalmente — geme Nadine.

— Essa menina merece uma lição — diz Rodney.

— Não sei, não — interrompe mamãe. — Será que isso é necessário? Será que isso não fará com que Kaitlin pareça ainda pior?

— Acho que não — intervém papai. — Isso servirá para mostrar que Kate-Kate tem sangue nas veias e que fará de tudo para defender sua carreira.

Olho para Lancy.

— Achei que você tivesse dito para eu não falar mal de Sky.

— Você não vai insultá-la — explica ela. — Você só vai contar exatamente o que aconteceu. Se você não disser nada, alguém vai dizer. Você não acha que as pessoas vão começar a se perguntar como ela sabia sobre o seu *alter ego*?

— É mesmo, Kates. Ela não terá um álibi para isso — afirma Matt. — Conseguimos encurralá-la.

Sento-me na cadeira estofada de veludo ao lado de Matt e fico em silêncio por um tempo.

— Não quero perder minha carreira — digo, por fim.

Ouvir essas palavras proferidas em voz alta me surpreende. Todo esse tempo estive fugindo da minha vida atribulada. Mas agora que corro o risco de perdê-la, tudo o que quero é tê-la de volta.

— Então não deixe que isso aconteça — responde Laney. — Conserte as coisas.

— Mas deve haver um meio-termo — protesto, ficando nervosa. — Acho que eu não sou a única atriz que quer trabalhar e ter uma vida particular também. Toda estrela precisa de tempo de folga. Eu só decidi que o meu seria no colégio.

— Continue — encoraja-me Nadine, abraçada a sua bíblia.

— E usar o disfarce foi a única maneira de conseguir ir para o colégio e ser tratada como uma aluna normal. Eu nunca quis magoar ninguém. O que Sky fez foi cruel. Por que ela iria querer expor sua "melhor amiga" — pergunto, fazendo o gesto de aspas com os dedos. — Eu não vou perder o papel de Hutch Adams para ela!

— Isso, Katie-kins, coloque as engrenagens para funcionar — diz papai com os punhos no ar. Seja lá o que ele quis dizer com isso.

— Como consigo consertar essa confusão? — pergunto a Laney.

— Acertando as contas — afirma ela, jogando uma pasta na mesa onde se lê: OPERAÇÃO KAITLIN, escrito com a letra perfeita de Nadine. — Você vai aparecer em cadeia nacional de televisão e dizer a todos exatamente o que acabou de nos dizer.

Nadine abre a pasta e passa um papel para mim. Trata-se de um roteiro digitado por ela.

— Achamos que a melhor pessoa para entrevistá-la seria Jaime Robins.

Concordo com a cabeça. Jaime é a apresentadora do programa semanal mais popular. Ela já entrevistou todo mundo, desde Madonna até o Papa.

— Ela quer ouvir a minha história? — pergunto.

— Todos querem! — exclama Laney.

— Tudo bem — digo, respirando fundo. — Vamos fazer isso.

No instante que dei o OK para Laney, ela ligou para Jaime, que agarrou a chance de vir *hoje* para que pudesse editar a entrevista para amanhã no horário nobre.

— Lembre-se — avisou Laney, enquanto Nadine e ela terminavam o ensaio para a entrevista. — Não use quatro palavras quando três bastam. Não divague quando uma frase é o suficiente. Mantenha o sorriso no rosto, mas se sentir vontade de chorar, chore. E olhe *sempre* nos olhos de Jaime. Esfregar os joelhos ou brincar com os cabelos fazem com que pareça nervosa. Desvie os olhos e o público achará que está mentindo, entendeu?

— Entendi — respondo de forma firme.

Duas horas mais tarde, uma equipe de três pessoas de Jaime chega para montar as câmeras e ajustar a iluminação na nossa espaçosa sala de estar. Mamãe achou o melhor lugar, já que os sofás forrados com motivos florais ficam na frente de janelas imensas que dão para os jardins verdejantes de nossa casa.

Na sala, Anita arrumou vasos de cerâmica com alfazemas e rosas (minhas favoritas) que o jardineiro cortou, sendo que o arranjo maior ficaria em frente a mim na mesa de centro.

— Você está linda — sussurra Paul, que veio correndo junto com Shelly assim que mamãe ligou. Ele prendeu meu cabelo de forma simples. Até mamãe concordou com Laney que um coque simples e clássico seria a melhor opção para a impressão que queremos causar hoje.

— Acabe com eles, querida — diz Shelly, dando um retoque no brilho labial.

Laney, que orquestrou cada movimento meu de hoje, queria uma maquiagem fresca e limpa. ("Nada carregado, como se você tivesse algo a esconder", explicou ela.)

Solto o ar devagar e aliso a frente do meu blazer cáqui da Stella McCartney que Laney escolheu para a ocasião para eu usar junto com calças largas e Manolos cor-de-rosa de salto baixo. Laney acha que eu estou a imagem da graciosidade.

— E da inocência — acrescenta ela em tom aprovador.

Estou pronta para isso.

— Kates — chama Nadine tocando gentilmente no meu braço. — Você tem uma ligação.

— Nadine, você sabe que eu não quero falar com ninguém — respondo, nervosa.

— É a Liz — esclarece ela, entregando-me o telefone. — Ela está na lista das pessoas que você atende, não é?

Nadine sorri e se afasta.

— Olá, Lizzie! — sussurro.

— Olá — responde ela em tom suave. — Como você está?

Conto a ela rapidamente sobre a reunião com Laney e a minha família e conto também sobre a entrevista com Jaime.

— Já sei sobre isso — disse Liz quando terminei.

— Já?

— Sim. Jaime acabou de sair da minha casa — informa-me ela. — Laney pediu para eu dar uma força. Não que ela precisasse fazer isso.

— Você foi entrevistada? — perguntei, incrédula.

— Fui — afirma Liz. — Contei a Jaime que amiga maravilhosa você é e como o último ano foi duro para você. Contei a ela que você sempre quis ir a uma escola de verdade e o quanto você gostava da Clark Hall e dos amigos que fez lá. Contei que você chegou a ser voluntária para fazer parte do chato comitê do baile de primavera.

— Nem sei o que dizer. — Sinto-me tão feliz de ter uma amiga como Liz. — Infelizmente, acho que você é a única amiga que deixei na escola. Bem, você e a diretora Pearson.

— Não se esqueça da gente — disse alguém em tom suave.

— Quem disse isso? — pergunto, assustada.

— É Beth.

— E Allison.

Fico muda de perplexidade.

— Mas eu achei...

— Ficamos com raiva no início. Principalmente de Liz — explica Allison.

— Isso mesmo — ouço Liz reclamar.

— Mas também ficamos mal com tudo o que aconteceu por causa de Sky — acrescenta Beth. — O que ela fez foi *tão* errado. Tínhamos de defendê-la!

Uau!

— Sinto muito por ter mentido — falo com voz fraca. — Espero que vocês acreditem quando eu digo que realmente gosto de nossa amizade.

— Está tudo bem, Kaitlin — assegura Allison. — Liz nos contou tudo. — Ela faz uma pausa. — Nossa! É estranho não chamá-la de Rachel!

Todas rimos.

— Rachel, Kaitlin — conclui Beth. — A questão é que, seja quem for, nós gostamos de você.

Beth pode nunca acreditar, mas essa frase sincera e sem segundas intenções foi uma das coisas mais atenciosas que já ouvi.

Laney me chama e bate no relógio de platina. A equipe já está pronta para fazer algumas tomadas. Eles querem cenas de mim sentada na sala de jantar tomando café e lendo a *Variety*, andando nos jardins com Matt e ensaiando minhas falas. Esse tipo de cena faz com que o espectador me veja como uma pessoa mais real.

— Gosto muito de vocês, meninas — digo, fazendo sinal para Laney que já estou terminando.

— Espero que você também me desculpe — pede Allison em voz baixa.

— Por quê?

Vejo o cameraman colocando os holofotes mais perto da cadeira de veludo verde na qual Jaime vai sentar para a entrevista.

— Por causa dos comentários que fiz sobre Kaitlin.

— Você não sabia que era eu — tranquilizo-a. — Além disso, eu sabia que estava sujeita a isso. Espero que ainda possamos ser amigas.

— Claro que somos amigas — assegura Beth. — Você não vai se livrar de nós tão fácil assim.

— Mas se você quiser nos encher de presentes ou arranjar um encontro com Trevor Wainright, também vamos gostar — brinca Allison.

— Feito — rio e mordo o lábio. — Alguma de vocês conseguiu falar com Austin? — perguntei.

— Não — responde Liz de forma relutante. — Ele não atende às nossas ligações.

Respondo aos sinais frenéticos de Laney para que ela saiba que eu já vou desligar.

— Um problema de cada vez, certo? — digo, tentando parecer positiva.

— Isso mesmo — responde Beth, firme.

— Boa sorte, Kates — deseja Liz. — Ligo depois.

Desligo o telefone e vou até o cameraman para filmar as imagens necessárias. Quinze minutos depois, voltamos à sala de estar para a entrevista propriamente dita. Mamãe, papai, Matt, Laney, Rodney e Nadine estão conversando animadamente com Jaime. Por um momento, sinto um calor gostoso se espalhar dentro de mim apenas de olhar para eles. Por mais louca que a minha equipe às vezes me deixe, eles ficam ao meu lado quando realmente preciso.

— É um prazer conhecê-la, Kaitlin — afirma Jaime com seu característico sotaque sulista.

Jaime é mais bonita pessoalmente do que na televisão (isso é sempre verdadeiro, não?). Suas roupas afetadas de repórter haviam sido trocadas por jeans e um suéter coral, e os longos cabelos castanho-claros estavam presos em um rabo de cavalo.

— É um prazer conhecê-la também — digo com um aperto de mão e um sorriso cativante. — Obrigada por vir.

— Bem, obrigada por ter me escolhido para dar a notícia — responde ela. — Você está pronta?

Um membro da equipe de Jaime coloca um microfone na minha roupa e eu confirmo com a cabeça. Jaime sorri e se senta na cadeira verde em frente ao sofá no qual me sento.

— Se quiser parar a qualquer momento ou precisar beber um pouco de água, basta dizer — orienta-me Jaime. — Tudo bem, então. Vamos começar.

Ela faz um sinal para o cameraman atrás dela para começar a gravar.

Jaime me faz perguntas fáceis no início. Ela pergunta sobre os anos em que trabalho no elenco de *Family Affair*, minha carreira no cinema e minha vida em família. Enquanto conversamos, bloqueio todos os que estão à nossa volta e me concentro nas perguntas de Jaime e nas respostas que havia ensaiado com Laney.

— Se você estava feliz, então por que fingiu ser outra pessoa? — solta Jaime, por fim, a pergunta de um milhão de dólares.

Respiro fundo e solto o ar devagar. Então, começo a descrever como sempre me senti fascinada pela vida normal.

— Acho que todos sempre acabam querendo aquilo que não têm — começo, lentamente. — Tenho uma carreira que muita gente mataria para ter, mas eu queria saber como era a vida de uma adolescente normal.

Jaime concorda com a cabeça.

— Então, você arquitetou um plano de ir para a escola usando um disfarce.

Conto a Jaime como eu estava exausta e como desejava conhecer pessoas que não se importavam se o meu filme estava em primeiro lugar ou não.

— Quando o seu rosto está na caixa de cereal matinal, é difícil fazer qualquer coisa sem que as pessoas a sigam aonde quer que vá. Eu sabia que se eu quisesse saber como era a vida na escola, teria de fazer isso sem que a imprensa soubesse. Foi então que eu e minha amiga, Liz, tivemos a ideia do disfarce.

— Você não achou que as pessoas poderiam ficar chateadas se descobrissem? — pergunta Jaime.

Penso um pouco bebendo um gole de água para molhar a garganta já seca. Olho para o meu reflexo no espelho com moldura dourada atrás de Jaime e para a cascata de água que cai em nossa piscina arredondada que ficava no meio do jardim.

— Era um plano perfeito, até que entrei pelos portões da Clark Hall — respondo. — Eu nunca quis magoar ninguém. Mas desde o momento em que entrei na primeira aula, percebi, aos poucos, que minha fantasia era apenas isso, uma fantasia. A escola não é um conto de fadas. Na verdade, não é muito diferente da vida de Hollywood. Achei que ao passar mais tempo com adolescentes normais eu não seria traída ou teria brigas. Mas aprendi que, no colégio, há esse tipo de problema também.

Olho para Nadine e Laney. Elas estão comemorando juntas. Uma visão bem rara.

— Como assim? — pergunta Jaime, segurando o pingente de esmeralda pendurado no cordão dela.

É uma boa pergunta e penso sobre ela por alguns momentos.

— Não adianta tentar se esconder dos problemas — digo, dando de ombros, admitindo que não tenho uma resposta. Recosto-me mais no sofá. — Meninas são meninas, não importa onde estejam. — Penso em Lori. — Descobri que sempre haverá pessoas que têm inveja de você e querem fazer você se sentir mal, esteja você em Hollywood ou em outro lugar.

— Então, valeu a pena colocar sua carreira em risco por alguns meses de anonimato?

Olho para mamãe e papai, que estão me olhando intensamente. Matt está inclinado para a frente, com as mãos sobre os joelhos. Nadine está roendo as unhas. Laney está completamente calma.

— Sim e não — respondo devagar. — A Clark Hall foi como umas férias para mim. Conheci pessoas maravilhosas e vou ter recordações verdadeiras da escola. — Faço uma pausa. — Mas ir para a Clark Hall não me ajudou a fugir dos problemas. Na verdade, só serviu para criar outros.

"Em vez de me aceitar como realmente sou, ou seja, uma atriz adolescente de férias, acabei fazendo a maior confusão envolvendo toda a escola. Eu estava me escondendo, quando, na verdade, deveria ter enfrentado os rumores publicados nos tabloides sobre Sky e eu, em vez de mentir sobre eles." Minha voz soava confiante. "Eu deveria ter exigido um tempo para mim em vez de me exaurir e depois reclamar." Respiro fundo e sorrio. "Falar isso tudo faz com que um enorme peso saia dos meus ombros."

— Isso é ótimo, Kaitlin — afirma Jaime, de forma meio distraída. — Mas, então, os rumores sobre você e Sky são verdadeiros?

Ela faz um sinal para o cameraman dar um *close* a fim de captar melhor a emoção.

Penso no comportamento de Sky durante o ano que passou.

— É verdade que nem sempre nos demos bem — admito. É estranho dizer a verdade pela primeira vez. — Mas você também não pode dizer que gosta de todos com quem trabalha — acrescento. Os olhos de Jaime brilham de surpresa. Escolho as palavras seguintes com bastante cuidado. — Isso não significa que eu não seja uma boa profissional. *Adoro* trabalhar em *Family Affair*, e só porque tenho alguns desafios, isso não significa que eu odeie estar lá. Agradeço todos os dias por poder estar em um programa de sucesso como este.

"Sky fez algumas coisas que realmente me aborreceram. Não somos amigas, mas isso não significa que brigamos o tempo todo, como é divulgado nas revistas de fofoca. Isso só significa que não passamos tempo juntas fora do ambiente de trabalho. E também que não vamos dividir um camarim por muito tempo."

Ambas rimos.

— Entrevistei suas amigas mais cedo — conta-me Jaime, inclinando-se para a frente e sorrindo. — Elas disseram coisas incríveis sobre você. Mesmo as que você enganou.

— Tenho muita sorte, não é? — afirmo com um sorriso largo.

— Sua amiga Liz foi bastante enfática ao defendê-la de Sky — disse Jaime. — Ela afirmou que Sky roubou seu Sidekick em uma sessão de fotos e que foi assim que descobriu sobre sua vida dupla.

— Não sei se Sky roubou meu Sidekick — respondo. — Mas me pergunto como ela descobriu sobre o meu *alter ego*. Apenas as pessoas mais próximas a mim sabiam disso e tenho plena confiança de que elas jamais me trairiam. Mas Sky tentou deliberadamente me magoar, mas isso não me impedirá de voltar ao trabalho no outono, se a equipe de *Family Affair* assim quiser.

Paro de falar por um momento e respiro fundo, depois olho diretamente para a câmera.

— O arrependimento que tenho disso tudo é que a minha vida dupla magoou mais as pessoas do que eu poderia ter imaginado. — O rosto de Austin vem à minha cabeça. — Você sabe que estou falando com você e eu gostaria muito que houvesse um jeito de dizer que sinto muito mesmo.

Jaime sorri.

— O que você aprendeu com essa experiência?

— Frequentar a Clark Hall fez com que eu me desse conta de como preciso dos meus amigos que não estão no ramo do entretenimento. É ótimo falar sobre coisas que não estejam relacionadas a Hollywood para variar. Mas também serviu para me lembrar de como amo a minha carreira — acrescento, pensando no papel para o filme de Hutch Adams que eu quero muito fazer, mesmo sabendo que provavelmente não conseguirei. — Com certeza sentiria muita falta de atuar se tivesse de parar. Mas espero poder fazer isso por muito tempo ainda.

Jaime faz um sinal para o cameraman parar de gravar. Ela tira o microfone.

— Sua frase final foi perfeita, Kaitlin — afirmou Jaime, levantando-se e apertando minha mão. — Não foi necessário pressioná-la para responder às perguntas.

— Essa entrevista foi melhor do que terapia! — digo rindo. — Obrigada.

Tiro o microfone e sorrio para Laney, Nadine, Rodney, meus pais e Matt. Nadine começa a aplaudir e todos se juntam a ela. Rodney coloca os dedos na boca e assovia. Meu sorriso se alarga ainda mais no rosto.

Sei que já fazia um tempo, mas prestem atenção: Kaitlin Burke está de volta.

DEZOITO · *Nada como estar em casa*

Depois da exibição da entrevista com Jaime Robins, o telefone não parou de tocar. Dessa vez por um bom motivo: as pessoas estavam ligando para me congratular.

E para solicitar uma entrevista também.

Nas semanas que se seguiram, percorri o circuito dos programas de entrevista para contar novamente a minha história. Dei entrevistas para revistas semanais e jornais. Com a ajuda de Zara, escrevi uma história em primeira pessoa para a *Teen People*. Até Liz, Beth e Allison acabaram entrando no frenesi. Beth e Allison adoraram ter a ajuda de Paul e Shelly para aparecerem na frente das câmeras. Beth acabou encontrando um trabalho em meio expediente por causa de todo o episódio: agora ela é modelo. A *Hollywood Teen* ligou para ela dizendo que seria perfeita para uma história que vão fotografar no mês que vem.

A imprensa voltou a ser amigável comigo. Em um minuto eles estavam acabando comigo e, no seguinte, eles me chamaram de "a mais adorável adolescente normal de Hollywood". (Obrigada, *Entertainment Weekly*.) As preocupações de Sky sobre a minha vida dupla foram esquecidas. Em vez disso, ela anda muito ocupada tentando fugir das perguntas sobre como ela descobriu sobre Rachel Rogers. Mas, até agora, ela não conseguiu responder a essa pergunta.

Mais importante, porém, do que o aplauso da imprensa, é o apoio que ganhei dos meus amigos e colegas de trabalho. Melli enviou flores e um bilhete que dizia: "Eu não estaria mais orgulhosa se você fosse minha filha de verdade." A diretora Pearson mandou-me um buquê de margaridas com um bilhete: "Sua fã número um."

Tom Pullman me ligou na manhã seguinte em que a entrevista com Jaime foi exibida para me dizer que eu deveria ter conversado com ele antes.

— Eu teria dito que o seu lugar em *Family Affair* está garantido, não importa o que aconteça.

Quando desligo o telefone, ele toca novamente.

— Alô — atendo, confusa.

— Kaitlin, boneca, que entrevista maravilhosa — afirma uma voz aveludada.

Levo um segundo para perceber que se trata de Hutch Adams e fico sem saber o que dizer.

— Olá — consigo balbuciar.

— Não retornei as ligações da sua equipe porque estava escolhendo as locações para o filme — continua Hutch. — Minhas sobrinhas me contaram tudo sobre o seu drama pessoal. Foi realmente fascinante.

Estou ansiosa por ouvir o que virá depois disso. Será que ele está ligando para dizer que eu não consegui o papel e dizer que talvez em um próximo projeto? Só consigo ouvir as batidas do meu coração.

— As emoções que você mostrou na entrevista com Jaime Robins foram melhores do que qualquer teste com meus diretores de elenco. Ótimo trabalho, Srta. Burke.

— Obrigada, Sr. Adams. — Estou honrada com o elogio. Mas será esse um prêmio de consolação? — Se o senhor me permite, gostaria de dizer que eu adoraria fazer o papel principal do seu filme. Espero que o senhor ainda considere o meu nome. Sei que não ficaria desapontado. Eu trabalharia...

— Poupe fôlego — ri Hutch. — Estou ligando para comunicar que você está contratada, com escândalo e tudo.

Cubro a boca com a mão para não gritar e começo a pular sobre a cama, algo que não faço desde os 10 anos de idade. O barulho deve ter chamado a atenção de mamãe, papai, Nadine e Matt que estavam no andar de baixo, pois em questão de minutos estavam todos no meu quarto. Rodney foi o primeiro. Vejo nos seus rostos que estão se perguntando o que está acontecendo. Consigo dizer sem emitir som:

— Hutch — com um grande sorriso no rosto.

— Você conseguiu o papel? — sussurra Matt, incrédulo.

Concordo com a cabeça. Mamãe começa a chorar. Papai faz um sinal positivo com o dedão para cima. Nadine disca rapidamente para Laney e eu consigo ouvi-la berrar no telefone.

— Não se esqueça de pedir um papel para mim — solicita Matt, batendo no meu ombro.

Converso mais um pouco com Hutch, tentando bloquear o caos à minha volta. Não só farei o papel principal do *Projeto de Hutch Adams sem título definido* como ele também quer transformar minha história no colégio em um filme!

— Você pode me ajudar a escrever o roteiro — sugere ele, enquanto a minha família pula à minha volta.

— Claro que vou pensar sobre isso — digo, sorrindo. — Obrigada, Sr. Adams. Muito obrigada, mesmo. O senhor não se arrependerá.

— Tenho certeza de que não, Kaitlin — concorda Hutch. — Seu agente entrará em contato com você a qualquer momento para que assine os papéis que já enviei para ele. Conversamos novamente em breve.

Com isso, ele desligou e eu pude gritar a plenos pulmões:

— CONSEGUI O PAPEL!

— *Nós* conseguimos — grita mamãe, animada.

— Katie-Kat — interrompe papai. — Ele mencionou algo sobre me contratar como produtor?

— Ou a mim, para um papel? — pergunta Matt, subindo na minha cama onde ele pode pular também. — Não ouvi você dizer o meu nome.

Nadine geme.

Eu rio. Minha família pode ser difícil, mas eu sei que eles se importam comigo. Quando as coisas ficam feias, o que pode acontecer de novo, minha família me apoia.

Com seis semanas livres até eu ter de me apresentar para a pré-produção do *Projeto de Hutch Adams sem título definido*, quis arrumar a bagunça que fiz. Comecei fazendo uma visita a minha colega de trabalho "favorita" em *Family Affair*.

Mas parecia que Sky não queria me receber.

— Ela não está em casa — afirma uma empregada gorda quando Rodney, Liz e eu aparecemos na enorme porta preta e branca de sua mansão.

— Engraçado, aquele carro não é o dela? — pergunto com voz doce.

— É o carro do pai dela — responde a empregada, enxugando a mão nervosamente no avental branco com uma estampa do rosto de Sky.

— Nossa, Kates, achei que esse era o carro que a mãe de Sky dirige todos os dias para as filmagens — responde Rodney.

— O carro de Sky não é vermelho vivo?

— É sim, Rodney, acho que sim — respondo, brincando com os fios do meu top verde. — Sky me disse que ela encomendou uma cor exclusiva para o seu carro.

Liz, Rodney e eu olhamos para a mulher que está bloqueando a porta.

Ela parece desesperada.

— Mas ela não está em casa. Por favor, vão embora ou terei de chamar as autoridades.

— Falando sobre autoridade, Kates, você não tinha uma reunião com Tom Pullman essa manhã? — pergunta Liz.

— Tive sim, Lizzie. Obrigada por me lembrar — digo com um sorriso matreiro nos lábios. — Tom afirmou que meu emprego está garantido e disse também que sentia muito por todas as mentiras que foram publicadas na imprensa. Para evitar que esse tipo de coisa volte a acontecer, Tom está implementando uma nova regra: se alguém do elenco de *Family Affair* fizer uma declaração falsa para a imprensa, essa pessoa será demitida.

— Não diga! — A voz de Liz ecoou no saguão. — Tom chegou a perguntar se você sabia quem estava falando de você para a imprensa?

Rodney começa a rir quando a empregada engasga e começa a tossir. Ela tenta fechar a porta na nossa cara, mas Rodney coloca o pé, impedindo-a de fazer isso.

— Na verdade, ele perguntou sim — disse em voz alta. — Eu não ia contar nada a ele, mas talvez eu deva.

— Por que você não liga para ele agora? — sugere Liz.

Pego meu telefone celular e finjo discar. De repente, Sky aparece na porta usando um pijama de seda cor-de-rosa. Ela dispensa a empregada.

— O que você quer? — pergunta ela, friamente.

— Oh! Olá, Skylar — sorrio. — Achei que você não estava em casa.

— Você não pode provar nada.

Sky parece calma, mas posso ver que sua respiração está acelerada e que suas mãos estão tremendo um pouco.

Olho para Rodney e Liz. Eles se afastam para nos deixarem a sós.

— Não tenho medo de você — responde Sky com os olhos brilhando. — Você não tem provas de que falei com alguém dos tabloides nem que roubei o seu Sidekick — afirma Sky.

— Não estou aqui por causa disso, Sky — informo. — Não dou a mínima se você pegou o meu Sidekick e também não ligo se foi você quem plantou aquelas histórias a meu respeito.

Sky parece confusa.

— Na verdade, eu só vim para agradecer a você — explico. — Não sei se você queria isso ou não, mas você me fez um grande favor quando agiu daquele jeito. Aquele lixo que saiu nos tabloides que me fez sentir como se eu tivesse de escolher entre atuar e ter uma vida particular. Mas sabe o que descobri, Sky? Eu não tenho de escolher. Não importa o que você diga ou faça, você não conseguirá me fazer desistir da minha carreira. Eu trabalho muito e realmente amo o que faço. Não irei a lugar algum tão cedo.

Sky fica boquiaberta, mas não diz nada.

— Então, você pode fazer as suas malas e partir para o México e filmar a sua minissérie — continuo. — *Eu* tenho de me apresentar no estúdio para as filmagens de Hutch Adams para o meu próximo filme campeão de bilheteria.

— Você conseguiu o papel? — grita ela.

— E quando eu voltar para as filmagens de *Family Affair*, é melhor que você esteja preparada. — Ignoro os gestos zangados dela. — Porque quando alguém escrever algo ruim a meu respeito, não ficarei com medo de dizer de onde esses rumores vêm. Talvez você tenha notado em minha entrevista com Jaime Robins que eu também sei como me sair muito bem em entrevistas.

Viro de costas e desço os degraus da entrada da mansão de Sky. Rodney e Liz me seguem.

— Aproveite o verão, Skylar — digo antes de partirmos.

— Isso foi demais! — exclama Rodney, quando já estamos no carro.

Liz me dá um abraço apertado.

— Nossa, quase não acreditei — aplaude Liz. — Você realmente acabou com ela.

— Acabei mesmo, não é? — Recosto-me no banco, feliz. — Espero que, a partir de agora, ela tenha mais cuidado com a maneira como me trata.

— Então, é isso — disse Rodney. — Você já cuidou de tudo.

— Ainda não — digo a eles. — Ainda temos uma parada, mas, dessa vez, vocês dois ficarão no carro.

* * *

Vinte minutos depois, paramos em frente à acolhedora casa de tijolos vermelhos de Austin.

— Tem certeza de que quer fazer isso? — pergunta Liz, tranquila.

Olho para a porta da frente.

— Isso é algo que tenho de fazer — explico, suavemente. — Ele não atende aos meus telefonemas.

— Sei que você conseguirá resolver isso, Kates — encoraja-me Rodney.

Sorrio para ambos, respiro fundo como aprendi nas aulas de ioga e saio do carro. Caminho devagar, ensaiando na minha cabeça o que direi a ele. Toco a campainha e olho para o carro. Os vidros têm insulfilme, mas sei que Rodney e Liz devem estar me observando.

— Kaitlin Burke — murmura a irmã de Austin, Hayley, embasbacada, enquanto abre a tela.

— Olá, Hayley. — De repente, sinto-me tímida e fico parada na entrada. — Gostaria de saber se posso falar com o seu irmão.

Seus olhos azul-turquesa estão arregalados.

— Não sei. Ele ainda está muito chateado — sussurra ela, passando a mão na calça jeans. — Na verdade, acho que ele deveria estar envaidecido pelo fato de uma celebridade querer sair com ele.

— Bem, eu... eu... — gaguejo, sentindo-me envergonhada.

Os olhos de Hayley estão fixos em mim, como se ela não acreditasse que eu realmente estivesse na porta da casa dela.

— Hayley, você pegou a minha camisa Lacoste branca de novo? — ouço Austin gritar.

Hayley congela quando Austin aparece usando calças jeans largas e uma camiseta branca. Seu rosto surpreso é tão bonito quanto me lembro.

Sinto a respiração presa na garganta.

— Oi — murmuro.

Um sorriso cruza o rosto dele, fazendo meu coração disparar. Mas desaparece em questão de segundos. Ele me encara e sua expressão está séria.

— Ah, é você — diz ele, confuso, passando os dedos pelos cabelos louros. — O que está fazendo aqui?

— Vim para falar com você.

Olho para os degraus de tijolos, sentindo o coração acelerado no peito. Por que será que consigo fazer uma entrevista ao vivo que será exibida para milhões de espectadores e me manter calma, mas a simples visão de Austin me deixa nervosa?

Austin se volta para a irmã e diz:

— Hayley, isso só vai levar um minuto.

Hayley sorri para mim, envergonhada.

— Talvez pudéssemos conversar sobre *Family Affair* um dia desses — sugere ela.

— Eu adoraria.

Austin e eu nos olhamos em silêncio enquanto Hayley se afasta. Mesmo sabendo que ele está zangado comigo, não consigo tirar os olhos dele. E se essa for a última vez que nos vemos?

— O que você está fazendo aqui? — pergunta ele, novamente, batendo um dos pés descalços no chão.

— Você não atendia às minhas ligações — respondo em voz baixa.

— Isso é porque não saberia com quem eu estava falando. — Vejo a raiva passar pelos seus belos olhos e meu coração se quebra de novo. — Quem você está representando hoje? Rachel ou Kaitlin?

As palavras são como um tapa na cara, mesmo que eu as mereça.

— Sinto muito — digo de cabeça baixa.

— É tarde demais para isso. — Austin encolhe os ombros largos. — Você me fez parecer um idiota.

— Eu nunca... — comecei a protestar, tentando encontrar as palavras que fariam tudo ficar bem de novo. Eu gostaria de voltar àquele dia na biblioteca, quando tudo estava perfeito e tudo o que me importava era encontrar um modo de ir ao baile com ele. Eu deveria ter contado toda a verdade naquele dia.

— Não quero ouvir isso — interrompe Austin, segurando a porta de tela. — Você me conhece, mas eu não conheço você. Nunca conheci.

— Sim, você me conhece — afirmo apressada. — Foi comigo que você passou todo o tempo. Eu realmente adoro *Guerra nas estrelas* e matemática e sou péssima em história. Sou a mesma pessoa.

— Eu gostava de Rachel — responde Austin, passando os dedos pelos cabelos novamente. — Mas ela não existe. E Kaitlin Burke é uma estrela de cinema. Você não precisa de um cara comum como eu.

— Você é o cara mais legal... — intervenho depressa.

— Sinto muito, Kaitlin — corta-me ele. — Não consigo fazer isso.

Lentamente, ele fecha a porta da frente me excluindo de sua vida para sempre.

— Você realmente achou que ele fosse capaz de perdoá-la? — pergunta-me Nadine, enquanto conto a triste história, tomando chocolate quente na mesa de cerejeira da cozinha que tem sete metros de comprimento.

— Eu queria muito que ele me perdoasse — admito, enfiando minimarshmallows na minha caneca R2-D2.

— Tentarei falar com ele, Kates — sugere Liz.

— Obrigada, Liz, mas acho que não devemos mais importuná-lo — digo sombria. — Tenho de aceitar que magoei tanto Austin que ele não me perdoará nunca.

— Tenho certeza de que conhecerá alguém maneiro no seu novo filme — afirma papai.

— Li na *Variety* que eles contrataram Drew Thomas para estrelar o filme com você — suspira mamãe. — Acho que ele é um ótimo partido, Kaitlin.

— Acho que não vou querer abrir meu coração para ninguém por um tempo. Principalmente para Drew.

Penso nos encontros horríveis que tive no ano que passou.

— Você gosta mesmo de Austin, não é? — comenta Nadine.

– Gosto — sussurro, olhando para o meu chocolate quente.

— Bem, eu sei de algo que vai animá-la — afirma papai. — Conversei com Steve Mendes esta manhã. Vamos levar você e Liz para o Cabo nesse final de semana, antes que comecem as filmagens do filme de Hutch Adams.

Liz olha para mim e sorri.

— Você está falando sério? — pergunto, olhando para eles, surpresa. Papai concorda com a cabeça. — Obrigada! — exclamo, pulando e abraçando-o.

Corro até mamãe e a abraço também.

— Você realmente se expressou muito bem naquela reunião com Jaime Robins — afirma mamãe. — Estamos muito orgulhosos de você. Acho que o tempo em que você deu uma desacelerada para ir à escola fez muito bem a você.

— Não acredito que Kaitlin fez você acreditar que ir à escola é dar uma desacelerada — diz Matt, meneando a cabeça.

— Já que esse negócio de escola está fora de questão agora, acho que já é hora de deixar você fazer planos para férias de verdade.

Papai coloca os braços sobre os meus ombros.

— Desde que você combine com Laney para conciliar isso com a agenda com a imprensa — acrescenta mamãe, passando uma toalha de papel sobre o casaco com capuz creme da PB&J Couture, no qual acabou de derramar chocolate.

Mordo o lábio e rio por dentro, enquanto me encaminho até o fogão de aço inoxidável para me servir de mais chocolate.

— Acho que as coisas na minha vida estão se encaixando — penso em voz alta. — Hutch Adams, *Family Affair*, Sky, Cabo. A única coisa que falta é alguém com quem dividir tudo isso.

— Talvez não por muito tempo.

Viro-me e vejo Rodney trazendo Austin até a cozinha.

— O que você está...?

Estou tão surpresa que nem consigo terminar a frase. Olho para a expressão nervosa no rosto de Austin, procurando respostas.

— Encontrei-o no portão da frente — explica Rodney.

— Será que podemos conversar? — pergunta Austin, tão baixo que mal consigo escutá-lo.

— Acho que devemos deixá-los sozinhos — diz Nadine para o resto do grupo.

— Eu quero saber o que vai acontecer — protesta Matt.

— Vamos logo, Matty. — Liz o pega pelo braço. — Vamos esperar por Kaitlin no quarto e vou deixar que veja a agenda de telefones dela.

— Tudo bem — concorda ele, alegre, seguindo-a para fora da cozinha.

Papai coloca o braço nos ombros de mamãe e sai com ela. Ela fica olhando para trás e rindo. A cozinha fica em silêncio.

— Como você sabia onde eu moro? — perguntei.

— Beth me disse — contou-me ele. — Minha mãe me deixou no portão, mas eu não sabia como entrar. Aquele cara grandão estava saindo na hora, viu-me e trouxe-me até aqui. Sua casa é imensa — acrescenta ele, parecendo maravilhado.

Meu coração está disparado.

Austin se aproxima.

— Podemos nos sentar? — pergunta ele, pegando um banco de ferro batido.

— Claro.

Fico vermelha. Pego um banco e me sento ao lado dele e, sem perguntar se ele quer, sirvo-lhe uma xícara de chocolate quente. Minhas mãos estão trêmulas enquanto acrescento marshmallows. Ficamos ali, sentados em silêncio por um tempo.

— Não sei o que estou fazendo aqui — fala ele, por fim. Ele passa a mão pelos cabelos louros, do modo como sempre faz quando está pensando sobre algo. — Eu só sabia que tinha de vir.

— Sinto muito — tento novamente.

— Deixe-me dizer isso, antes que eu mude de ideia — interrompe-me Austin, decidido. Respira fundo. — Depois que você saiu, eu assisti à sua entrevista com Jaime Robins. Hayley tinha gravado. Você estava muito bem.

— Obrigada — respondo, tímida. — A desculpa que dei no final era para você, sabe?

— Eu estava pensando sobre isso. — Ele me olha de forma intensa e depois afasta o olhar. — Ouvi o que você falou sobre como a Clark Hall foi a maneira de você experimentar a vida real. Pensei também sobre o que disse quando foi à minha casa, quando me explicou que o tempo que passei com Rachel eu estava, na verdade, passando com você. E eu percebi que tinha de fazer uma pergunta importante a você.

— Pode perguntar qualquer coisa — afirmo, sentindo o rosto queimando.

Tomo um gole de chocolate.

— Eu queria saber — diz ele devagar. — Se você realmente gostava de passar o tempo comigo ou se eu era apenas uma parte da farsa.

Olho Austin nos olhos.

— Gosto de você de verdade — respondo de forma honesta. De repente, sinto-me tonta e mexo a xícara com chocolate. — Você é diferente dos outros caras que conheço. Todos que conheço só sabem falar sobre como vão ganhar o Oscar.

Austin ri.

— Quando estávamos na sua casa, você disse que não conseguia entender como uma estrela de cinema poderia se apaixonar por um cara comum. Mas ser uma estrela de cinema é apenas o meu trabalho. A pessoa real é a menina que você conheceu e que quer ter uma vida como o resto das pessoas.

Ele balança a cabeça, com os olhos arregalados.

— Ainda não me acostumei com o fato de você ser Kaitlin Burke — admite ele.

— Sou a mesma garota que você conheceu antes — digo de maneira suave. — Apenas estou com uma aparência diferente.

— Com certeza — ri ele.

— Por que não começamos de novo? — Levanto-me do banco e estendo a mão. — Oi, sou Kaitlin.

Ele olha para minha mão por um momento e, devagar, estende a mão até pegar a minha e apertá-la.

— *Je m'appelle* Austin — responde ele.

Eu gemo.

— Por favor, não comece com isso.

— Tudo bem — ri ele. — Mas isso é estranho.

— Não é não — afirmo. — Pergunte a Liz. Eu sou uma pessoa como qualquer outra.

— Não, não foi isso que eu quis dizer — falou ele, levantando-se do banco e se aproximando. Juro que consigo sentir o calor do corpo dele. — O estranho é o que estou prestes a fazer.

— O quê?

— Vou beijar Kaitlin Burke — sussurra ele.

Então, ele envolve a minha cabeça com as mãos e a puxa na direção dele.

O beijo é melhor do que qualquer um que Sam já ganhou de Ryan em *Family Affair* e eu sei o motivo. Este beijo é real.

E, nesse momento, enquanto os lábios de Austin pressionam os meus, descubro um novo segredo.

O SEGREDO NÚMERO 19 DE HOLLYWOOD é pequeno, mas é o mais importante que aprendi até agora.

É simplesmente isto: para ser um artista feliz e bem-sucedido, você tem de ter duas vidas, uma em frente às câmeras e uma fora delas. E eu finalmente tenho ambas.

AGRADECIMENTOS

Muito obrigada às pessoas que trabalham como meus olhos e meus ouvidos, Cindy Eagan, Phoebe Spanier e Laura Dail, que adoram Kaitlin tanto quanto eu. Também gostaria de agradecer a Angela Burt-Murray, por me colocar no caminho certo; a Gloria Wong, minha "primeira" editora; e a minha mãe, Lynn Calonita, e a minha sogra, Gail Smith, que mantiveram Ty bastante ocupado para que eu pudesse escrever. Por fim, meus agradecimentos a meu avô, Nicholas Calonita, que sempre quis ver o nome da família em destaque.

Este livro foi composto na tipologia Classical
Garamond BT, em corpo 11/16, e impresso em
papel off-white 80g/m^2 no Sistema Cameron da
Divisão Gráfica da Distribuidora Record.